일곱 빛깔의 위안

국립중앙도서관 출판시도서목록(CIP)

(일곱 빛깔의)위안 : 서영은 신작 산문집 / 서영은 글 ;
김보현 그림. -- 서울 : 나무생각, 2005
    p. : 삽도 ;   cm

ISBN 89-88344-97-9 03810 : \9800

814.6-KDC4
895.745-DDC21   CIP2004001960

일곱 빛깔의 **위안**

서영은 글 ｜ 김보현 그림

나무생각

삶이 가차없이, 여지없이 날을 세워 나를 겨누었다. 삶이 나에게 특별히 원한을 품었던 것일까. 아니다. 스스로 뿌린 원인의 씨앗에 의한 결과의 나무였다.

날은 끔찍이도 예리했고, 빛 그 자체인 양 공명정대했다. 무릎이 꺾여 피 흘리며 신음했다. 인생도 문학도 결딴이 나는 듯했다.

하지만 지금 나는 살아 있다. 다른 사람으로 빚어져 있다. 그리고 치명적으로 나를 버힌 인생의 그 가차없음, 여지없음에 오히려 두 손 들고 감사하고 있다.

지난 10년 갈가리 찢겨진 삶을 추스르느라고 글을 쓸 여유가 거의 없었다. 그럼에도 이런저런 지면을 통해, 끓는 물에 수제비 띄우듯 발표한 글이 책 한 권 분량이 되어 이 책이 묶여지게 되었다.

이 책에 묶인 글들은 통상적인 산문이랄 수 있지만, 그 이전의 글들과 전적으로 다른 점이 있다면 '나'는 간 곳 없고, 진실만 고임을 받게 하려는 의도가 매우 절실했던 점이다.

이 책의 또 다른 특징은 글과 함께, 김보현(Po Kim) 선생님의 아름답고 순수한 영감, 꿈꾸고 말하는 그림들을 볼 수 있는 점이다. 독자들을 위해 선뜻 지상전시(誌上展示)를 허락해 주신 선생님께 깊이 감사드리고, 인생의 절반을 이인삼각해온 나무생각의 한순 주간에게도 감사드린다.

2005년 새해에

기
다
림 *Green*

새 출발 혹은 그리움의 시작

눈부신 젊음, 너는 어디에…

사랑…, 치유되지 않는 아픔

첫눈을 기다리며

새 출발 혹은 그리움의 시작

황량한 벌판에 직선으로 뚫린 길이 있다. 길 끝에서 까만 점 하나가 나타나 움직인다. 움직이는 동안 점은 차츰 속력을 내서 달려오는 버스로 바뀌고, 마침내 '빽' 소리를 내며 멈추는 자동차 바퀴 속으로 길은 사라져 버린다. 버스의 출입문이 열리고 가방을 든 사람이 내린다.

이것은 새 출발을 암시할 때 영화에서 자주 보여 주는 수법이다. 그러나 영화에서와는 달리, 새 출발이란 인생에서 그다지 흔히 있는 일은 아니다. 그것은 다른 말로 표현하면, 집에서 노상으로 나서는 것이며, 지금까지 걸어온 길을 버리고 다른 길을 찾아나서는 것이며, 그렇기 때문에 이제부터 그를 기다리는 것은 온통 낯선 세계, 낯 모르는 얼굴들뿐이다. 그가 믿을 건 오직 자기 자신 그리고 용기뿐이다.

새 출발이 여행과 사뭇 다른 것도 그 때문이다. 여행을 떠나도 사람은 이와 비슷한 상황에 놓이지만, 여행자는 새로운 길을 찾으려는 게 아니라, 일시적으로 접하는 이방의 세계, 새로운 만남들을 통해 체험을 쌓는 것이다. 그의 길 저 끝에는 돌아가야 할 집, 떠나온 가족들이 기다리고 있다. 그에게 있어 여행은 다만 재충전의 기회일 뿐이다.

그런데 먼 길을 달려온 버스에서 지금 막 가방을 들고 내린 사람, 스산한 표정으로 주위를 둘러보며 어디로 가야 할지 몰라 망설이는 사람, 그에겐 돌아가야 할 집도, 기다려주는 가족들도 없다. 실제로 아무도, 아무것도 없는 게 아니라, 다시는 그곳으로 돌아갈 생각이 없기 때문이다.

새 출발은 거의 언제나 삶에 대한 새로운 각성에서 비롯된다.

스물네 살 때였다. 나는 대학을 중퇴한 뒤 서울시 수도국에 다니고 있었다. 그리고 퇴근 후엔 틈틈이 원고지와 씨름하고 있었다.

열아홉 살 이후, 사오 년 사이에 나의 신상은 자기 또래들이 가는 궤도에서 아주 벗어나 있었다. 사범학교를 졸업한 나의 급우들은 강원도 각지의 학교에 흩어져 아이들을 가르치는 일이 이제는 어느 정도 익숙해진 상태였고, 대학에서 책상을 이웃했던 급우들은 졸업 후 직장에 다니거나, 가사를 돌보며 결혼할 준비를 하고 있었다.

나는 사범학교를 나오고서도 한사코 교단에 서기를 거부했었고, 자신이 원해서 들어간 대학을 중도에서 그만두었다. 그리고 직장에 다닌다는 것이, 교사보다 월급도 적고, 사회적으로 버젓할 것도 없는 말단 공무원이었다.

나의 무엇이 그들과 나를 이렇게 다른 길로 들어서게 만든 것일까. 어쩌면 이런 비유가 가능할지도 모르겠다.

우리는 모두 바닷가에 이르렀다. 거기엔 배 한 척이 있었다. '야, 이걸 타고 바다로 나가면 먼 나라에 이르겠구나.' 나는 배에 올라탔다. 그러나 아무도 나와 같이 생각하는 사람은 없었다. 그래서 나는 혼자서 배를 저어 바다로 나갔다. 파도가 높았다. 나는 파도와 싸우는 방법을 몰랐다. 배는 얼마 후 좌초되었고, 나는 한 번도 가 본 적이 없는 낯선 해안에 던져졌다.

그때 내가 깨달은 것은, 바닷가에서 배를 보았다고 해서 모두가 그 배를 타고 바다로 나가려 하는 것이 아니라는 점이었다.

배는 그저 배일 뿐이다. 바다는 그냥 바다일 뿐이다. 배를 타고 바다로 나갈 수 있는 사람은 항해술을 아는 사람들뿐이다… 라고 생각하는 분별력이 나에겐 없었다. 그 분별력이 현실감이었다.

교사자격증을 가지고도 나는 교단에 서지 않겠다고 버텼다. 게다가 나의 임용고시 성적은 아주 우수해서, 그 성적대로라면 시내의 좋은 학교로 발령이 날 것이 분명했다. 그럼에도 나는 생각했다. 세상에는 이런저런 직업들이 많은데 왜 하필 교사가 되어야 하나…. 나는 가르치는 일이 싫었다.

그 때문에 나는 나를 아는 사람들로부터 웃음거리가 되었다. 어머니의 친구들은 모두 나를 두고 "가가 왜 그러노?" 하고 한마디씩 하는 바람에, 어머니는 "너 때문에 남새스러워 아무래도 고향을 떠야겠다."고 울먹였다.

그 뒤 우리는 정말로 가산을 팔아 서울로 이주했고, 나는 내 고집대로 대학에 진학했으나 그것도 중도에 그만두고 수도국의 타이피스트로 취직했다. 어머니의 친구들이 그 사실을 알면 나는 또 한차례 구설수에 오를 판이었다.

그 무렵 회사에는 퇴근 때마다 나를 따라오는 남자가 있었다. 그는 동료들 사이에 평판이 좋았다. 그는 대학 때 학생회장이었고, 행정고시를 준비하고 있노라고, 지나가는 말처럼 나에게 말했다. 나는 그가 싫지 않았다. 그럼에도 나는 그와의 만남을 번번이 거절했다.

말하자면 나에겐 나이 스물네 살 된 처녀로서, 웬만한 남자를 만나 결혼해서 가정을 꾸민다는 식의 장래 설계 같은 것이 전혀 없었다.

퇴근 후 나는 밥만 먹고 나서 책상 앞으로 돌아앉았다. 낮 동안 내가 아무리 노력해도 넘어서지지 않는 동료들과 나 사이의 이질감, 거북함. 그러나 책에 파묻히면 그 속엔 나의 친구이자 분신인 주인공들이 있었다.

어머니의 장례식에서 눈물이 나오지 않아 스스로 무안해하는 뫼르소, 이자의 이자만 생각하며 일생을 살아온 전당포 여주인에 대해 극도의 혐오감을 느끼는 라스콜리니코프, 사랑의 진실이 삶의 너절함에 의해 훼손되는 것을 참느니 차라리 죽음을 택하는 악셀, 손님을 오로지 머릿수로만 헤아리는 카페 주인에 대해 구토를 느끼는 로캉탱, 남의 결혼식에 하객으로 참석했다가 술에 만취되어 신부와 자 버리는 조르바, 아버지를 살해한 혐의로 법정에서 재판을 받던 중, 잠깐 잠이 든 사이에 누군가 벨 것을 자기 머리맡에 고여 준 사실에 너무나 감동되어 '뭐든지 다 좋다'고 외치

는 드미트리….

　매일 밤 나는 삶에 대해, 인간에 대해 한없는 궁금증을 품고 책 속으로, 원고지의 빈 칸 속으로 길을 떠났다. 내 동생은 불빛 때문에 깊은 잠을 못 잔다고 투덜거렸고, 오빠는 내가 올케를 남 대하듯 한다고 못마땅해 했다. 올케는 산부인과 의사였는데, 시골의 보건소장으로 재직하고 있어 주말에만 올라왔다.

　내 등에는 항시 어머니의 불안해 하는 시선이 머물러 있었다. 하고 싶은 말들을 할까 말까 망설이며, 어머니의 눈엔내 되어 가는 꼴이 도무지 한심하고 위태로워 보였을 것이다. 그것은 사실이었다.

　그래서 어머니가 올케와 장시간 목소리를 낮추어 무슨 얘기지 하고 나면, 나는 얼마 후엔 그 내용을 저절로 알게 되었다. 한 번은 올케의 후배라는 치과 의사와 선까지 본 일이있었다. "어땠니?" 어머니가 물으셨다. 어머니가 더 이상 미련을 갖지 않으시도록 나는 단호하게 고개를 저었다.

　아마도 같은 시간에 그도 나에 대해 고개를 가로저었을게 분명했다. 도무지 나의 조건이라는 것이 신통치 않은 데다가, 치과 의사인 자기에게 눈곱만큼의 호기심도 나타내지 않았으니… 그것만으로도 괘씸했을 것이다. 하지만 만약 그가 첫눈에 훤칠하고 완력이 있어 보이는 남자였다면, 치과 의사가 아니라 깡패였어도 나는 마음이 끌렸을지 모른다.

그 일로 해서, 어머니는 내 머릿속에 결혼 설계 같은 것이 전혀 없다는 것을 눈치 채셨고, 그것은 마치 내가 밤마다 책상 앞에 돌아앉아 있기 때문인 것처럼 보였다.

"이제 그만 불 끄고 자거라."

어머니는 나를 재우려 했고, 나는 자는 척 누웠다가 식구들이 다 잠든 뒤에 몰래 일어나 불을 켜고, 스탠드에 보자기를 씌워 불빛이 멀리 가지 않도록 주의하며 보다 둔 책을 펼쳤다.

마침내 어머니는 체념하셨고, 그것이 미안해진 나는 스스로 꿍꿍이속을 열어 보였다. "엄마, 나는 작가가 될 거예요." 사실 나는 그때까지 책 읽고 뭔가를 끼적거리는 것이 좋았을 뿐이지, 꼭 작가가 되겠다고 생각한 적은 없었다. 그러나 어머니에게 말함으로써, 불확실하던 나의 미래엔 하나의 이정표가 꽂히게 되었다.

나는 생각했다. 방을 얻어 자취를 해야 되겠다…. 그것은 자기를 들어올리는 결단이자 각성이었다. 물론 그것은 누구의 간섭도 받지 않는 나만의 방을 마련한다는 의미, 그 이상이었다. 그럼에도 나는 그 일로 해서 내 인생이 얼마만큼 바꾸게 될지는 미처 예상치 못했다.

내가 집을 떠나던 전날 저녁부터 눈이 내리기 시작했다. 어머니는 날 위해서 내가 좋아하는 찰밥을 지으셨다. 내게는 그것이 어머니와 형제들과 함께 하는 마지막 저녁상이었다. 어머니는 말이 없고 침울했다. 깃 속에 품고 있을 때도 도무지 제멋대로여서 항시 마음을 놓을 수 없는데, 깃 밖으로 날아가고 나면 무슨 일을 어떻게 저지를지….

나는 어머니의 속맘을 조금쯤은 헤아리면서도, 이미 기대와 설렘으로 잔뜩 흥분된 상태였다. 찰밥을 몇 술 뜨다 말고 나는 훌쩍 일어나 건넌방으로 가서 짐을 꾸리기 시작했다. 안방 쪽이 너무나 조용했다. 간간이 그릇 부딪치는 소리, 기침하는 소리만 들려왔다.

'내가 떠나고 나면 뒤에 남는 가족들은 이렇게 저녁을 맞이하겠구나….' 슬픈 생각이 스쳐 갔다. 그리고 짐을 싸는 내 손길은 한층 빨라졌다.

어느 순간 집을 떠나는 일이 당장 내게 무엇을 의미하는지 명료해졌다. 새벽 서너 시에 일어나서 연탄을 갈아야 할 테고, 도시락을 내 손으로 직접 싸야 하고, 돈이 떨어져도 손 내밀 사람이 주위에 아무도 없고, 퇴근 후 집에 돌아와도 따뜻한 저녁상 대신 찬물에 손 넣어서 쌀 씻고, 밀린 빨래해야 되고…. 나는 잠시 눈을 감았다. 그리고 나서 다시 짐을 꾸렸다.

내 동생이 안방에서 건너왔을 때, 나는 내 짐에서 골라낸 몇 가지 물건들을 그녀에게 주었다. 평소에는 손도 못 대게 해온 것들이었다.

"언니, 이 스케이트 정말 나 주는 거야?"

나는 고개만 끄덕였다. 스케이트도, 털장갑도, 목도리도 다 그대로 있다. 만국기를 펄럭이는 얼음판도 그대로 있다. 그러나 나는 이제 다시는 스케이트를 탈 수 없을 것이다. 그 것은 더 이상 스케이트가 아니라 내가 지나온 시간의 얼굴 이었다.

이튿날 아침이었다. 언제나 다시 뜨고 다시 지는 그런 태 양이 떠올랐다? 전혀 아니었다. 무언가 돌이킬 수 없는 것이 이미 과녁을 향해 날아가고 있었다. 과연 이제부터 닥치는 모든 일을 혼자서 내 힘으로 해낼 수 있을까.

나는 두렵고 불안한 마음으로 윗목에 가지런히 놓여 있는 짐들을 바라보았다. 내 동생은 방 안에서 스케이트를 신고 벽을 짚어 가며 조심스럽게 걸음을 떼어 보고 있었다.

떠남을 유보하고 싶어도 집에는 이미 내 있을 자리가 없 어져 가고 있었다. 나는 일어나서 창문을 열었다. 마당에 눈

이 수북이 쌓여 있었다. 부엌 앞에서 시작된 발자국이 김칫
독이 묻혀 있는 화단 앞에서 돌아, 다시 부엌 앞에서 끊기어
있었다. 그 발자국은 어머니의 마음이었다.

나는 이미 어머니가 사무치게 그리워지고 있었다. 눈 위
에 찍힌 발자국과 더불어.

짐꾼이 차를 가지고 약속시간보다 일찍 도착하는 바람에,
우리는 아침상을 도중에 황망히 걷어치워야 했다.

짐을 옮기는 데는 십 분도 채 걸리지 않았다. 짐꾼이 양손
을 탁탁 털며 믿기지 않는 듯 물었다.

"이게 다란 말이오?"

어머니는 대문 앞에서 나를 붙잡고 두 번 세 번 당부했다.
"때 거르지 말고 꼭꼭 챙겨 먹고, 밤에 너무 늦게까지 앉아
있지 마라."

"아주머니, 얼른 타요."

짐꾼이 담배꽁초를 눈 속에 던지며 퉁명스럽게 재촉했다.
나는 갑자기 내가 따뜻한 고치에서 밖으로 끌어내어진 것을
깨달았다. "미친놈, 결혼도 안 한 처녀를 아주머니라니…".
그러나 세상 밖에서는 누가 누구를 그렇게 자세히(아주머니
와 처녀를 구분해 가며) 쳐다보며 말하는 게 아니라는 사실,
그 최초의 충격은 시작에 불과했다.

대문 앞에 서 있는 어머니와 동생의 모습이 작아지면서 나를 실어 가는 자동차가 눈 위에 새기는 바퀴자국도 점점 길어졌다. 언제든지 원하기만 하면, 나는 이 길을 따라 다시 집으로 되돌아갈 수 있으리라…. 그러나 그것은 내가 어머니의 품에서 영원히 떠나는 순간이었다.

　나는 차를 타면 한 시간 만에 집에 오고 갈 수 있는 거리에 있었고, 전화로 안부를 물을 수도 있었고, 수시로 집에 들러 고추장, 된장, 김치 같은 것을 얻어 올 수도 있었다.

　그러나 나는 이미 어머니 품 안에 있을 때의 딸이 아니었다. 그로부터 일 년 뒤, 내 앞엔 운명의 남자가 나타났던 것이다.

눈부신 젊음, 너는 어디에…

아주 간혹 이런 '젊음'을 만날 때가 있다. 시상식이나 전시회의 오프닝 파티, 초대받은 음악회 같은 데서, 나름대로 매끄러운 몸가짐을 의식하며 미소 짓고 있을 때이다. 둘러서서 함께 담소를 나누고 있던 친지 중 한 사람이 북적거리는 사람들의 어깨 너머로 누군가를 발견한 듯 자리에서 빠져나간다.

잠시 후 그녀가 자리로 되돌아온다. 빠져나갈 때나 되돌아올 때나 그녀의 부재는 사람들의 관심을 전혀 끌지 못한다. 그것은 둘러선 구성원이 담소에 정신이 팔려서가 아니다. 오히려 담소는 지리하고 피상적이다. 다만 서로에 대한 예의나 체면을 누구도 먼저 깨뜨리려고 하지 않기 때문에 그 부자연스러움에 스스로 얽매여 있을 뿐이다.

때문에 그녀는 자기 뒤에 멀뚱히 서 있는 한 청년을 사람들에게 소개시켜 줄 기회를 잡는 일이 그다지 쉽지 않다. 그 사이 청년은 사람들의 등 뒤에 말없이 서 있다. 다소 시무룩하고 무뚝뚝한 표정. 그러나 흔들림 없는 깊고 날카로운 눈빛.

"잠깐만요!"

드디어 그녀가 용기를 내서 담소를 끊는다. "얘는 내 이종 사촌 동생이에요."

입가에 보일 듯 말 듯한 미소만 스칠 뿐 청년은 여전히 멀뚱히 서 있다. 자기를 소개한 사람이나, 소개받은 사람들을 의식하려는 빛이 조금도 없이. 여럿의 시선이 그에게 쏠려 있음에도, 오히려 그가 이쪽의 심중을 깊숙이 꿰뚫어 보고 있는 것 같다.

"Y대 천문학과 졸업반이에요."

그녀가 다소 초조하게 그의 소맷자락을 잡아당기며 덧붙인다.

"그림도 잘 그리고, 혼자서 돌아다니는 게 취미예요. 티벳, 네팔, 칠레, 콜럼비아, 훈자… 얘는 그런 나라들만 돌아다녀요."

"혼자에는 아직 못 갔습니다."

듣는 사람에게 이래도 좋고 저래도 좋은 일임에도, 그는
진지하게 사실을 정정한다.

누군가 그에겐 어느 나라 여자가 제일 섹시하더냐고 물어
보자, 그는 짧게 소리내어 웃고 나서, "저, 이만 실례하겠습
니다." 하고 자리에서 빠져나간다.

"꽤나 당돌한 젊은이군."

그것은 그에 대한 칭찬이 아니다. 그가 드러낸 확고부동
한 올곧음에 대한 비아냥거림이다. 하지만 그것은 그가 떠
나면서 남긴, 아프도록 싱싱한 여운에 대한 칙칙한 반어.

북적거리는 소란을 헤치고 문득문득 시선으로 그를 좇을
때마다, 마음속이 환해진다. 블루진 바지에 청색 줄무늬 셔
츠, 소매를 팔꿈치까지 걷어올린 아주 수수한 차림인데도,
다른 사람과 구분되는 오롯하고 순결한 분위기 때문에 그는
눈에 잘 띈다.

전시된 작품을 끝까지 즐기면서 감상하는 유일한 사람.
싱그러운 뒷모습. 잠시 후 다시 돌아다보니 그는 이미 그곳
에 없다.

한 시간 뒤 지하철역에서 차표를 사려고 줄을 선 사람들

앞에 그가 서 있다면, 그를 알아볼 수 있을까. 설사 같은 사람이라 할지라도 그는 이미 전시회장에서의 그 모습이 아닐지도 모른다.

나를 눈부시게 한 그 '젊음'은 단순히 외양도 나이도 아니다. 누구누구란 이름은 더더욱 아니다. 그것은 하나의 이름과 외양과 나이에 담긴 정신의 광채이다. 그 광채는 그에게서 늘 보여지는 것이 아니라, 삶에 대한 그의 진정성이 시험받을 때 가장 잘 드러난다.

생각해 보니 나는 그를 2년 전 병원 복도에서도 만난 일이 있다. 청년은 잿빛 양복에 벽돌색 넥타이 차림의 직장에서 막 퇴근한 그런 모습이었다. 환자복을 입은 안 노인은 얼굴에서 표정이 걷힌 장기환자로서 거동이 불편하다. 청년은 환자를 부축하고 병원 복도를 돌며 운동을 시키고 있다. 삶의 의욕을 깡그리 상실한 듯한 환자에게 활력과 건강을 되살려 주는 일은 결코 쉬운 일이 아닐 듯싶다. 그럼에도 청년에겐 어쩐지 그 일이 가능해 보인다.

환자가 숨을 헐떡이면 잠시 걸음을 멈추고 기다렸다가 다시 걷고, 기침을 해서 가래를 뱉으면 종이로 받고 나서 꼼꼼히 입 주위를 닦아 준다. 반복되고 또 행위를 계속해도 지치는 빛이 없다.

잠시 후 그의 여자친구가 병원으로 그를 찾아온다. 유행과 무관한, 폭이 넓은 스커트에 흰 블라우스 차림의 그녀는 차분하고 조용한 인상이다. 노란 프리지어 꽃 한 묶음이 그녀의 손에 들려 있고, 희고 통통한 손가락엔 반짝이는 졸업반지가 끼워져 있다.

그녀의 출현은 아무런 예고가 없었음에도 청년은 미소만 싱긋 짓는다. 하지만 그 미소의 환한 여운이 그의 얼굴에 말 대신 오래도록 남아 있다.

"병실이 어디예요?"

"1207호."

그녀는 꽃을 가지고 병실로 간다. 환자를 부축한 청년은 몇 걸음 걷다 말고 그녀를 돌아다본다. 그리고 다시 한번 혼잣말 같은 미소가 그의 얼굴에 번진다.

꽃을 꽂아 놓고 돌아온 그녀는 환자의 다른 한쪽 팔을 부축한다. 환자는 한 사람이 부축할 때보다 조금 더 편안해 보인다. 그녀는 물이 낮은 데로 절로 스미듯 그렇게 그 장면 속으로 합류한다.

환자가 걸음을 멈추었을 때이다. 기다렸다는 듯이 청년은 환자의 팔을 잠시 놓고, 여자친구의 앞으로 가서 무릎을 꿇고 풀어진 운동화 끈을 매어 준다.

그러고 보니 몇 년 전 속초 가는 길 위에서도 청년을 만난 적이 있다.

휴가를 맞은 친구 남편이 운전을 하고 친구와 그녀의 언니, 나를 포함해서 일행은 네 사람. 우리는 모두 중년이다. 매어 있는 일로부터 탈출하는 것이 그다지 쉽지 않은 나이. 친구네는 설악산과 용인에 콘도를 소유하고, 압구정동에도 집이 있는 반면, 그것을 유지하기 위해 부부는 자기 생애의 대부분을 일에 매여 산다.

2박 3일의 일정임에도, 살림살이를 반쯤 차에 옮겨 실었나 할 정도로 짐이 많다. 친구는 가는 동안 내내, 커피 다음엔 유과, 유과 다음엔 과일, 하는 식으로 자기네 거실에서처럼 끊임없이 음식을 내놓는다. 자식이 없는 친구 부부는 아마도 서로에게 말문을 닫아건 뒤로는, 그 여백을 음식으로 채워 온 것이다.

부부가 주고 받는 대화를 가만히 들어보노라면, 남편은 음식을 타박하고, 아내는 자신의 솜씨나 입장을 항변하는 식이다. 음식을 놓고 벌어지는 입씨름은 부부의 일상이 된 듯하다.

하여간에 카세트에서 흘러나오는 멘델스존의 〈무언가〉를 들으며, 일회용 컵에 담긴 커피를 마시며, 정체된 차들이 언제 속력을 낼까, 답답해 하고 있을 때이다.

자전거를 탄 청년이 갑자기 시야에 들어와 천천히 페달을 밟으며 다가오고 있다. 푸른 티셔츠가 바람을 머금어 돛처럼 부풀어 있고, 하얀 운동화를 신은 그의 발이 페달을 밟을 때마다 차륜은 은빛 비늘을 길 위에 쏟아 놓는다.

산과 강 사이에 뚫린 호젓한 길을 혼자 달려온 저 푸르른 가슴과 땀으로 번들거리는 청동처럼 강인한 다리. 삶은 그 앞에 구차하게 내던져진 남루한 넝마 같다.

소로에서 빠져나온 그의 자전거는 차들이 길게 늘어서 있는 큰 길로 접어들어 달려온다. 차창 밖으로 그가 스쳐 갈 때 얼굴에 닿는 서늘하고 팽팽한 긴장감. 마음이 저릿해진다.

그를 어디서 다시 만날까.

반 시간 뒤, 차는 서서히 움직이다가 차츰 속력을 올린다. 키 큰 포플러 나무, 야트막한 야산, 야산 기슭에 옹기종기 모여 있는 동네, 둔덕에서 되새김질을 하고 있는 소들…. 이 모든 풍경들이 눈에 담을 사이도 없이 뒤로뒤로 흘러가 버린다. 문득, 흐르는 것은 풍경이 아니라 세월인 듯하다. 세월이 살처럼 흐른다.

잠깐!

계곡 옆에 그 청년의 자전거가 세워져 있다. 웃통을 벗은

청년이 계곡물에 몸을 씻고 있다. 저 자전거 뒤로 옮겨 앉았으면. 그러나 차는 멈춰 주지 않는다. 아니다. 청년의 자전거와 나 사이의 거리. 가 버린 세월이 이제는 돌이켜지지 않는 것이다.

만약 악마와 결탁할 수 있다면 나는 내 삶이 가장 아름다웠던 때로 되돌아가고 싶다. 그때 이후의 삶을 다 반납하더라도.

함박눈이 펑펑 내리고 있다. 세상이 온통 희고 그윽하다. 우리는 종묘 매표소 앞에 최초의 눈발자국을 남겨 놓고 안으로 들어간다. 눈꽃이 하얗게 핀 나무들, 하얀 길. 둘이 나란히 걷는다는 것만으로도 발끝에서 머리끝까지 충만한 기쁨. 그 이상 아무것도 바랄 것이 없는 현존의 완성. 춤추며 내리는 흰 꽃잎의 심포니.

"내가 뭐 보여 드릴게요."

그의 눈동자 속에 나를 담근 채 나는 뒷걸음질로 앞으로 나아간다. 얼마쯤 가다가 나는 두 팔을 날개처럼 활짝 펴고 눈길 위에 눕는다. 눈송이가 내 위로 날아 앉는다.

그가 마침내 내 곁에 와서 눈 속에 파묻히고 있는 나를 내려다본다.

"나도 해볼까?"

그가 내 곁에 눕는다.

그의 따뜻한 손이 내 손을 잡는다. 우리에게서 빠져나간 하얀 혼령이 공중에서 우리를 내려다본다. 그 모습은 이러하다.

시간은 여기서 멈추었어도 좋을 것을…. 이승에서 내가 체험한 가장 절묘한 시간.

고대 그리스에서는 이런 시간을 카이로스(KAEROS)라고 말한다. 우리가 반복하는 일상적 시간이 아니라, 특별한 의미가 주어지는 전설 같은 시간.

악마여, 나타나라.

사랑…, 치유되지 않는 아픔

스무 살. 쟝은 프로방스 지방의 소지주집 아들로서, 순백한 영혼을 지닌, 온화하면서도 늠름한 성격의 잘생긴 청년이다. 마을 처녀들도 누구나 쟝을 사귀고 싶어하고, 그도 처녀들에 대해 관심이 없지 않다. 하지만 그것은 호기심 이상의 감정은 아니다.

어머니는 그에게 유일한 여성이다. 아침에 어머니가 그를 깨우러 와서 침대 옆에 섰을 때, 앞치마에서 풍기는 구수한 음식 냄새, 어리광을 가장해서 어머니를 슬쩍 껴안아 볼 때의 푸근하고 따스한 체온, 나들이 때 아버지 대신 어머니를 옆에서 호위하는 것만으로도 으쓱해지는 기분. 그런 교감이 그가 아는 사랑이다.

또한 그는 친구들과 함께 서로의 용기를 시험해 보는 갖가지 무모한 내기를 좋아하고, 머슴들이 마차에 실어 놓은 집채만한 목초더미 위에 올라앉아 밀짚을 씹으며 들에서 집으로 돌아오는 길의 호젓함, 축제일을 앞두고 저장해 둔 술통을 열어 아버지가 그에게도 맛보이는 잘 익은 포도주 맛을 좋아한다.

들일은 고된 육체노동이나, 그의 젊음은 그것을 내밀한 기쁨으로 바꾸고, 그 기쁨의 바탕에서 하루하루 새로이 열리는 그의 미래는 밝고 건실하고 활기차다.

그런데… 아를르의 투기장에서였다. 비로드 옷에 하얀 레이스로 치장한 처녀가 그의 눈길을 끌었다. 그녀가 그의 눈길을 끄는 것은 아름다운 용모가 아니었다. 그녀는 이제까지 그를 사귀고 싶어하던 마을 처녀들이 가지지 못한 강렬한 매력이 있었다. 그것은 쟝처럼 나이 어린 청년일지라도 단숨에 남자로 만드는 이상한 매력이었다.

쟝은 그녀에게서 눈을 뗄 수 없었다. 그녀의 웃음은 그의 심장 깊숙이 날아와 꽂힌 화살과 같았다.

집에 돌아와서도 쟝은 그녀에 대한 생각을 마음에서 지울 수가 없었다. 그녀 이외에 쟝에게 기쁨을 주는 것은 이제 아무엇도 없었다. 어떻게 하면 그녀를 만날 수 있을까. 어떻게 하면 그녀 가까이 있을 수 있을까. 쟝의 관심은 오직 그것뿐이었다.

쟝의 어머니는 아들에게 일어난 변화를 가장 먼저 눈치 챘다.

"여보, 쟝에게 여자가 생겼나 봐요."

"그럴 때도 됐지."

"어떤 여잔지, 쟝에게 상처를 주지 않을까 나는 두려워요."

"그럼 뒷조사를 좀 해보구려."

아를르의 처녀. 그녀는 바람둥이였다. 게다가 처녀의 부모는 타 지방 사람들이어서 집안의 뿌리를 알 수 없었다. 쟝의 부모는 그런 처녀를 며느리로 맞아들이고 싶지 않았다.

어머니는 아들이 마음을 돌리도록 타일러 보았다.

"그녀와 맺어지지 못하면 저는 죽어 버리겠어요."

더 이상 말이 필요 없었다. 어머니는 섬뜩했다. 그리고 그토록 깊숙이 박힌 사랑의 화살 때문에 고통받는 아들이 가엾어서 가슴이 저렸다.

부인은 남편을 이해시켰고, 쟝의 부모는 아들의 뜻대로 결혼을 허락하기에 이르렀다.

어느 일요일 저녁이었다. 일가친척들이 쟝의 집으로 모여

들었다. 안마당의 팽나무 가지엔 등불이 내걸리고, 그 아래 마련된 커다란 식탁에는 갖가지 음식들이 푸짐하게 차려져 있었다. 쟝의 아버지는 일가친척들한테 쟝이 결혼하게 된 것을 알렸다. 사람들은 모두 쟝을 향해 축배를 들었다. 신부가 될 처녀는 그 자리에 참석하지 않았으나, 그녀를 위해서도 축배를 들었다.

낯선 사나이가 안마당으로 들어선 것은 바로 그때였다. 사나이는 쟝의 아버지에게 긴히 드릴 말씀이 있노라고 떨리는 목소리로 말했다. 쟝의 아버지는 식탁에서 일어나 사나이를 따라갔다.

"영감님의 아들이 결혼하려는 여자는 오래전부터 내 정부였습니다. 여기 증거가 있습니다. 여자의 부모님도 이미 우리의 결혼을 승낙하셨습니다."

사나이가 돌아가고, 쟝의 아버지는 아무런 일도 없었던 듯이 다시 식탁에 앉았다. 식사는 즐겁게 끝났다. 친척들이 돌아가고 나서 쟝의 아버지는 아들을 데리고 들로 나갔다.

아버지의 말은 쟝에게 깊은 충격을 주었다. 쟝은 부끄러움 때문에 자기가 받은 충격을 전혀 내색하지 않았다.

"지금은 괴롭겠지. 그러나 너라면 잊을 수 있을 거야."

아버지는 그의 어깨를 두드렸다. 아들은 꿈짝도 하지 않았다. 아버지는 아들의 곁을 떠날 수가 없었다. 두 사람은 밤이슬을 맞으며 오랫동안 들판에 앉아 있었다.

이튿날 아침이었다. 하룻밤 사이에 볼이 패인 수척한 얼굴로 쟝은 맥없이 침대에 걸터앉아 있었다. 그녀가 없는 세상! 차라리 태양이라도 떠오르지 말 것이지.

창밖엔 햇빛이 찬란했고, 새들은 팽나무에 앉아 즐겁게 지저귀고 있었다. 들판을 지나가는 나귀의 방울소리, 안마당에서 머슴들이 두런거리는 소리, 그 모든 것이 이전과 조금도 달라진 게 없었다.

쟝에겐 그 바깥세계가 자기와 아주 무관해 보였다. 그는 자기 자신이 세계의 반대편, 절망의 나락, 어두운 지옥에 떨어져 있음을 깨달았다. 그는 무섭고 외로웠다. 그런데, 삶을 끌어안는 것보다, 그것을 놓아 버리고 자기 자신을 슬픔과 고뇌에 맡기는 것이 훨씬 편안했다.

그는 심장에 꽂힌 화살이 한층 더 깊이 가슴에 박히어 차라리 자기 목숨을 앗아가 버리기를 바랐다. 그는 사랑의 고통에서 치유되고 싶지 않았다. 그녀가 없는 무의미한 세상을 살아가느니, 사랑의 화염 속에 머물러 있는 것이 훨씬 나았다.

하지만 다른 한편으론, 부모님에겐 자기가 그녀를 잊지

못해 하는 것을 보이고 싶지 않았다. 그는 그녀의 얘기를 일체 입에 올리지 않았다. 그것은 사랑의 고통 그 자체보다 훨씬 고통스러운 일이었다. 아무리 애를 써도 그는 마음의 고통을 감출 수가 없었다.

그는 혼자서 어두운 구석에 틀어박혀 지내기도 했고, 불현듯 들로 뛰쳐나가 잠깐 사이에 열 사람 몫의 일을 해치우기도 했다. 저녁이 되면 아를르 쪽으로 걸음을 옮겨, 뾰족한 종탑이 보이는 데서 우두커니 지는 해를 바라보다 되돌아오곤 했다. 쟝의 얼굴은 날로 수척해졌다.

어느 날, 어머니는 눈물이 가득 괸 눈으로 아들을 바라보며 말했다.

"쟝, 그 여자가 그래도 좋다면 혼인을 하자꾸나."

아버지는 고개를 숙였다. 남의 여자인 것을 알고도 여전히 그녀를 사랑하다니…. 굴욕감이 그의 얼굴을 달아오르게 했다. 아들은 모멸감에 얼굴이 창백해졌다. 그는 고개를 가로저었다. 그리고 밖으로 나갔다.

그 일이 있고 나서, 쟝은 딴 사람이 된 듯이 행동했다. 무도회에서, 술집에서, 소경주대회에서 그는 누구보다 쾌활해 보였다. 파라돌 춤을 출 때 맨 앞에 선 것도 쟝이었다.

아버지는 안심했다. "그 녀석은 나았어."

그러나 어머니는 여전히 염려스러웠다. 어머니는 늘상 아들의 주위를 맴돌며 세심한 주의를 기울였다. 아우로 하여금 쟝과 같은 방을 쓰게 한 것도 그 때문이었다.

지주들의 수호신인 성 엘파 축제일이 되었다. 모든 사람들에게 샤토누프 포도주를 대접했고, 불꽃이 밤하늘을 수놓았고, 음악과 웃음소리가 떠나갈 듯했다. 사람들은 지쳐 쓰러질 때까지 춤을 추었다. 기쁘고 즐겁지 않은 사람은 한 사람도 없는 듯했다.

쟝은 어머니와 같이 춤을 추었다. 어머니는 이제야말로 마음을 놓을 수 있겠다 싶어 기쁨의 눈물을 흘렸다.

그날 밤이었다. 모두 지쳐 쓰러져 깊은 잠이 들었다. 쟝만이 홀로 깨어 있었다. 미친 듯이 춤추고 웃고 노래했음에도 그의 절망, 그의 외로움은 조금도 덜어지지 않았다. 온 세상이 공허하고 쓸쓸해 보였다.

그는 자기 마음을 달랠 길이 없었다. 설사 그녀를 잊을 수 있다 한들, 이미 기쁨도 보람도 없어진 공허한 세상에 살아남는 것이 무슨 의미가 있을까.

사람들이, 어른들이 사랑의 상처를 용케도 비켜서 이 세상을 다시 받아들인 것 같이, 세월이 지나면 그렇게 될까.

그러나 쟝은 자기와 타협하는 대신, 죽음을 향해 똑바로 걸어가기로 했다.

새벽 무렵, 누군가 문밖을 지나 다락방 쪽으로 달려갔다. 어머니는 불길한 예감에 휩싸여 벌떡 일어났다.

"쟝, 어디 가니?"

어머니는 아들을 뒤따라갔다. 아들은 문을 닫고 안에서 빗장을 걸었다.

"쟝, 제발 문 좀 열어라."

그녀가 떨리는 손으로 열쇠를 더듬고 있는 사이, 쟝은 이미 창밖으로 몸을 날렸다. '쿵' 하는 소리, 그뿐이었다.

쟝에겐 사랑이 목숨을 앗아간 재앙이었다. 살아남은 사람들, 한 번도 사랑의 위기에 직면해 보지 않았거나, 용케도 그 위기를 피해 또 다른 사랑을 만든 사람들… 그들은 위대한가, 비열한가.

첫눈을 기다리며

마포 뒷골목에 있는 돼지껍데기집. 고기 굽는 연기로 꽉 차 있는 실내엔 앉을 자리가 없어, 주점 앞 노천에 내다 놓은 화덕을 끼고 남자 넷이 둘러앉아 있다.

마흔을 바라볼 뿐 아직도 앞날이 창창한 이들의 등이 고단한 삶의 무게로 꾸부정하게 휘어져 있다. 그 중에 한둘은 머리에 새치가 희끗희끗하다. 구조조정, 퇴출, 실직의 위기감으로 어수선하게 일과를 끝낸 뒤, 시름은 더욱 깊어져 귀가길이 오히려 두려워진 것일까.

빨갛게 달아오른 연탄 화덕 위에 얹어진 고기에서 연기가 피어오르고, 각각의 잔엔 소주가 가득 채워져 있다. 이미 불판도 두어 차례 바뀌고, 소주잔도 몇 순배 돌았건만, 띄엄띄엄 오가는 대화는 더 이상 달아오를 기미가 없다. 슬그머니 손을 주머니 속으로 밀어 넣고 얄팍한 지갑을 만지작거리던 일행 중 한 남자, 화들짝 주머니에서 손을 잡아 뽑으며 하늘을 쳐다본다.

"어허, 눈이 오네."

고개를 떨구고 있던 다른 세 사람도 일제히 하늘을 쳐다본다. 허공을 가득 메우며 나풀나풀 내리는 눈이 고단한 짐말들처럼 살아온 그들에게 먼 나라 소식처럼 사뿐히 내려앉는다. 한 사람은 마주 잡은 양손을 흔들어 보고, 또 한 사람은 머리를 세차게 흔들어 본다. 맘속으로부터 부르르 일어서며 푸른 갈기를 세우는 이것은 무엇인가. 설렘이, 그리움이, 근심과 걱정 속에 코를 박고 있던 그들의 마음을 들어올려 다른 차원의 세계에다 접목시켜 준다. 파하려던 침울한 술자리에 넘치는 생기가 돌아와 있다.

"자, 한 잔씩 더 하자구."

술잔에 다시 술이 채워지고, 벅찬 듯 부딪치는 술잔에서 술이 넘친다. 현실은 아무것도 달라진 것이 없다. 다만 그들의 맘속에서 잊혀져 있던 소망이 불을 환히 켬으로써 삶의 시름들이 한결 가벼워 보이는 것이리라.

단숨에 술잔을 비우고 소매끝으로 입가를 훔치는 시늉도 해본다. 소리 없이 빙긋이 짓는 웃음. 눈이 온다. 살아 봐야 겠다. 앞길에는 여전히 문제들이 널려 있지만, 그 문제들까지도 포함해서 인생은 살아 볼 만한 것이 아닌가.

슬그머니 자리에서 일어난 한 남자, 건물 안으로 들어가 화장실 앞에서 핸드폰을 꺼낸다.

"여보, 난데, 지금 뭐 하고 있어?"

"애들 숙제 봐 주고 있어요."

거기 그렇게 있다는 것. 아내의 저 무심한 목소리가 사무 치게 정겹다.

"지금 눈 오는데 문 좀 열어 봐."

"그래요? 잠깐 기다리세요."

가벼운 술렁거림이 전화 저쪽에서도 일어난다.

"어쩜, 함박눈이네. 당신도 보고 있어요?"

"그럼."

"거기 어딘데요?"

"마포야. 동료들하고 소주 한잔 하고 있어. 애들 데리고 우리 양평에 가 볼까? 당신 운전할 수 있겠어?"

"차가 많이 막힐 텐데요. 그냥 당신 들어올 때 프라이드 치킨이나 좀 사 오세요."

"다른 것도 얘기해 봐."

"그거면 돼요. 애들 치킨 좋아하잖아요."

"당신 좋아하는 것 말해 봐."

"없어요."

자리로 돌아온 남자는 또다시 고개를 좌우로 흔들어 본다. 그것은 그의 습관이 아니다. 그는 하늘에서 내리는 눈과 장난하고 있다. 마음의 여유. 인생에는 짊어져야 할 무거운 짐만 있는 게 아닌데, 어찌하여 짐이 전부인 듯 그 무게에 짓눌려 살기만 했을까. 사막에서는 모래태풍 때문에 수시로 길이 옮겨다닌다고 하지 않는가. 이 길이 막히면 저 길로, 저 길이 막히면 이 길로 가 보면 될 것을. 옮겨다니는 고달픔을 두려워할 것이 아니라, 그 고달픔을 안장처럼 턱 올라타고 지그시 견디는 동안, 자신의 내면 속에 맺어지는 정신의 열매, 더 많은 타인이 기댈 수 있는 큰 가슴으로 넓어지는 것. 아, 그러고 보니, 구조조정·퇴출·실직이 두려운 것이 아니라, 마음의 여유를 잃는 것이야말로 인생의 가장 큰 손실이 아닐까.

"자네 무슨 좋은 일 있어?"

옆자리의 동료는 그 대답을 이미 알고 있지만 물어본다는 표정이다.

"그러—엄."

"내가 맞혀 볼까?"

"그래, 뭐야?"

"요것 때문이지."

그는 손을 뻗어 손바닥으로 눈송이를 받아 그의 앞으로 가져간다. 그러나 손바닥 위엔 약간의 물기만 있을 뿐. 눈은 녹아서 변할 때 그 의미가 더 커진다.

맘속에 내리는 눈도 그렇게 녹아서 그리움의 물기가 되어 그들을 적셔 주고 있다. 무엇에 대한 설렘인가, 무엇에 대한 그리움인가는 중요치 않다.

대장간에 말굽 갈아 끼우러 왔다가 눈을 만난 짐말처럼, 푸르륵 푸르륵 푸른 콧김을 뿜어대고 나서 다시 길을 떠날 때 말은 더 이상 고달픈 짐말이 아닌 것이다. 왜냐하면 그의 행보 속엔 눈 녹은 그리움의 물기가 차 올라 있으므로.

아무리 멀고 힘든 행로라 할지라도 이제는 마음의 여백이란 마르지 않는 샘에서 충전되는 힘이 그의 행로와 함께 하므로.

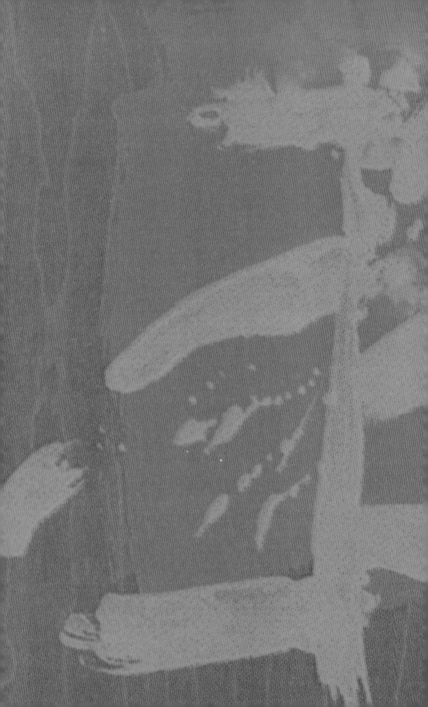

꿈 _ *Red*

그네

포도주

콜라

녹음기

그네

　내가 그녀를 만나던 날은 간간이 비가 내렸다. 지인이 적어 준 전화번호로 통화를 하고 난 뒤였다. 궁지에 몰려 그녀가 지닌 전문지식의 도움을 받아야 할 처지였음에도, 통화를 하는 동안 내내 나는 엉뚱한 기억에 매달려 있었다.

　그 기억은 그녀를 나에게 소개시켜 준 지인이 술에 취해 부지불식간에 털어놓은 그녀의 남편에 관한 이야기였다. 그날 지인은, 12년간 사랑에 빠졌던 여자와 결별을 하고 슬픔을 이기지 못하는 친구를 위로해 주기 위해 그와 함께 인사불성이 되도록 술을 마셨다고 했다. 그 당시 나는 그녀의 남편도 그녀도 알지 못했기 때문에, 모르는 사람의 연애담으로 그저 흘려듣고 말았다.

몇 달 뒤 나는 초대받은 지인의 집에서 그녀의 남편을 만났고, 하룻저녁을 함께 지내게 되었다. 침울한 얼굴로 말없이 앉아 있던 그는 취기가 돌자 돌연 자기 친구에게 욕을 하며 시비를 걸었다. 그리곤 자리를 함께 한 사람들은 아무도 안중에 없는 듯, 집요하게 친구와 말싸움을 계속했다. 집주인인 친구가 다른 손님들을 의식하여 언성을 높여 제지를 했으나 그는 막무가내였다. 다른 사람들에겐 그가 단순히 주사를 부리는 것으로 보였지만, 지인을 통해 들은 얘기가 생각났으므로 나는 그를 충분히 이해할 수 있었다. 내 안에도 언제든 그런 모습으로, 그 이상의 무너진 모습으로 드러날 수 있는 슬픔이, 회한이 있었기에.

나는 누가 권하기도 전에 스스로 잔을 채워 술을 마셨다. 많이 마셨다. 그리고 취했다. 자해와 같은 그 취기의 저 안쪽에서 나를 견딜 수 없게 하는 아픔이 있어, 취하라, 더 취하라 하는데, 그것은 12년간 사랑했던 여자와 결별하고 슬픔을 가누지 못하고 있는 남자에 대한 연민이라기보다, 자기 남편이 다른 여자를 사랑했음에도 12년간이나 모르는 채로 살아온, 그의 아내에 대한 연민이었다.

그 미지의 여인이 바로 내가 지인으로부터 소개를 받은

52

그녀였다.

그녀는 키가 자그마했고, 자기 분야의 화려한 경력에도 불구하고, 몸가짐이 겸손하고 자유로웠다. 그러나 어딘지 어둡고 처연한 분위기가 있어, 그것이 내게 자꾸 본인은 알지 못하는 그녀의 비밀을 생각나게 했고, 그로 해서 내게 비치는 그녀는 아픔이 깊은 여자였다. 나는 겉으로는 일을 의논하며, 속으로는 '가엾다, 가엾다.' 하면서 그녀를 바라보았다.

우리는 그날 초면인데도 긴 시간 동안 많은 이야기를 나누었다. 나는 그녀에게 마음의 문을 열고 있는 자신이 스스로 신기했다. 사람이 무서워 안으로 단단히 걸어 잠갔던 빗장이었다. 만남의 횟수가 거듭되는 동안 그 빗장은 완전히 열려 버렸고, 그녀는 짧은 시간 동안 내가 가장 믿고 신뢰하는 사람으로 바뀌어 있었다.

사실 그녀에 대한 나의 신뢰는, 사랑하는 사람을 잃은 뒤의 극심한 결핍감, 상실감의 반작용으로 급조된 것일지도 몰랐다. 그 신뢰는 충분히 이성적이기보다, 연민이란 감정이 만들어 낸 신기루일지 몰랐다.

하지만 생각해 보면 터무니없는 일이었다. 여행 중에 플라멩코 무희로서 만난 스텔라가 그랬듯이, 그녀는 더더욱이

나 나로부터 연민당할 이유가 없었다. 부모로부터 사랑을 듬뿍 받고 자라나, 학창시절 내내 수재로 불리다가, 명문대를 졸업한 뒤에는 자기 전문분야에서 능력을 인정받으며 승승장구하는 전문직 여성이 무슨 까닭으로 나로부터 연민의 대상이 되어야 하겠는가.

그럼에도 나는 자신이 만든 환영에 열심히, 충실히 매달렸다. 그녀에게 내 모든 것을 아낌없이 주고 싶었다. 그녀가 자기 분야에서 일만 잘하는 여성이 아니라, 전인격적 지성으로 거듭 태어날 수 있도록 물심양면으로 지원하겠다고 결심했다.

아침마다 그녀의 사무실로 전화를 해서 약속시간을 정했고, 만나러 나갈 때는 선물을 꼭 한 가지씩 준비했다. 그녀가 읽으면 좋겠다고 생각하는 책들, 비디오테이프, CD, 스카프, 장갑, 화장품, 목걸이 등등.

처음에 그녀는 어리둥절하여 몹시 부담스러워했다.

"나는 선생님이 나한테 왜 이러시는지 모르겠어요."

(너가 가엾어서 잘해 주고 싶다.)

그녀는 자기의 당혹감을 드러낼 수 있었으나, 나는 내 마음을 드러낼 수 없었다. 그녀 남편의 비밀을 노출해야만 내 마음이 설명될 수 있었으므로.

하지만 내 열심의 회오리에 휩쓸려들자 그녀는 더 이상 그 이유를 알려 하지 않았고, 수동적 자세에서 능동적 자세로 바뀌었다.

그녀가 전화를 하든, 내가 하든 우리는 거의 매일 만났다. 나보다는 그녀가 더 바쁜 사람이었기 때문에, 나는 그녀의 시간에 맞추어, 그녀의 사무실 근처의 찻집, 그녀의 사무실, 그녀의 집 근처의 찻집 등에서 기다리고 또 기다렸다. 우리는 만나서 차를 마시거나 식사를 같이 했고, 영화를 보거나 음악회에도 함께 갔다. 그녀의 남편이 함께 할 때도, 그녀의 친구들이 함께 할 때도, 내 친구들이 함께 할 때도 있었으나, 우리는 대체로 둘이 만날 때가 더 많았다.

그녀는 이따금 자기가 나를 실망시키지 않을까 두렵다고 했다. 하지만 문득 문득 두려워지는 것은 나 자신이었다. 삶의 의욕을 완전히 상실하고, 잿빛 우울의 나날들을 보내던 나에게, 발레리의 시구처럼 "바람이 분다. 이제 살아 봐야겠다."는 의욕을 되살려 준 사람이 그녀였다. 인생의 덧없음을 그 바닥까지 들여다본 터라, 나는 그녀에 대한 나의 열심이 언제 그 덧없음으로 반전될지 두렵고 염려스러웠다.

나는 내 안에서 어떤 결정적인 것이 눈을 뜨기 전에, 어서 속히 절대불변의 그 무엇인가를 손에 넣어야 한다는 강박관

넘을 가지기 시작했다. 초조함에 가까운 그와 같은 바람은 그녀에게 아낌없이 베풀자는 생각으로 자신을 더욱 몰아쳐 가게 했다.

어느 날이었다. 쇼핑을 하러 진로백화점으로 갔다. 식료품을 사고 나서 가구매장으로 옮겨갔다. 책꽂이를 살까 해서 둘러보고 있던 차에 눈에 번쩍 띄는 물건이 발견되었다. 그네였다.

그 그네는 참나무로 만들어졌고, 두 사람이 나란히 앉을 수 있는데다 지붕 같은 햇빛가리개까지 딸려 있었다. 미국 영화에서 포치나 정원에 놓여 있는 것을 자주 보았던 바로 그 그네였다.

그녀에게 선물로 주면 좋을 것 같았다. 가격표엔 140 몇만 원이라고 적혀 있었다. 벅찬 금액이었지만 나는 마음을 굳혔다. 계약서를 쓰다 보니 내가 100만 원을 더 올려 본 것이 밝혀졌다. 그네의 정확한 금액은 47만 원이었다. 횡재를 한 것 같았다.

그 자리에서 바로 그녀의 집으로 배달을 시키려고 전화를 했다. 그런데 그녀의 집은 뜰이 있는 단독주택이 아니라 빌라여서 그네를 놓을 자리가 없다고 했다. 이미 카드로 결제를 한 뒤여서 난처했다.

며칠 뒤 그네는 내가 사는 집으로 배달되어 이층 베란다에 놓였다. 놓인 장소만 다를 뿐, 그네가 그녀에게 주는 나의 선물이란 사실은 달라진 것이 없었다. 나는 그 선물을 한 시라도 빨리 그녀에게 주고 싶었다. 전화를 걸었다. 여직원이 받아서 그녀가 외출 중이라고 했다. 나는 삐삐를 보냈다. 얼마 후에 그녀로부터 전화가 왔다.

　"오늘 우리 집에 좀 올래?"

　"일이 늦게 끝날 것 같은데요."

　"그게 몇 시쯤 될까?"

　"저녁 여덟 시쯤."

　"그래, 그럼 끝난 뒤에 꼭 들러."

　전화를 끊고 나서 나는 바쁘게 움직였다. 저녁식사 준비도 해야 했고, 그네를 선물답게 꾸며야 했다.

　그녀가 초인종을 누른 시각은 여덟 시 반이 지나서였다. 주위는 이미 캄캄하게 어두워졌고, 쌀쌀한 바람까지 불었다. 붉은 리본으로 묶고, 앉는 자리에 장미도 한 송이 놓아둔 나의 선물, 그네는 어둠 속에서 저 혼자 바람에 흔들거리고 있을 터였다.

　안으로 들어와 밝은 데서 보는 그녀는 지친 기색이 역력했다. 이래저래 상황이 좋지 않았다. 그렇다고 선물 주는 것을 다음 날로 미룰 수도 없었다.

"보여 주고 싶은 것이 있어. 이리 와 봐."

나는 그녀의 손을 잡고 베란다 쪽으로 이끌었다. 지친 그녀는 마지못해 이끌려 왔다. 베란다 외등을 켜자, 환한 불빛 속에 그네가 모습을 드러냈다.

"이거야. 너한테 주고 싶어."

나는 그녀의 표정을 살폈다. 감동이 전혀 없었다.

"앉아 봐."

그녀는 앉아 볼 생각이 없어 보였다. 할 수 없이 내 손으로 리본을 풀고 그녀를 그네에 앉혔다. 그녀는 장미가 놓여 있는 것도 알지 못했다.

"추워요."

그녀는 잠시 앉았다 이내 일어나서 안으로 들어가 버렸다. 장미를 거두어 식탁에 놓인 꽃병에 찔러 넣는데 갑자기 이상한 한기가 등골을 오싹 훑고 지나갔다. 그때 내 안에서는 어떤 결정적인 것이 눈을 떠 버렸다. 그 눈이 나에게 알게 했다. 살아 있는 사람의 마음 위에 마음을 포개어 그 약속을 불변의 것으로 나누는 것은 불가능한 일이라는 것을.

그날 이후로도 나는 그녀에게 아낌없이 베풀겠다는 노력을 멈추지 않았다. 하지만 그 이전과는 분명히 다른 점이 있었다. 이전에는 그 노력이 결실을 맺게 될 것을 믿었으나, 이제는 믿지 않으면서, 마음 한구석에서는 '소용없다, 소용없다.' 하면서 노력했다.

그 노력 속엔 분노가 담겨 있었다. 자기 자신의 한계, 인간됨의 한계에 대한 분노, 그리고 슬픔. 슬픔이 나를 폭력적으로 만들어 갔다. 나는 그녀를 휘두르기 시작했다. 나도 그녀도 상처를 입었다. 상처를 입고, 입히면서 내 안의 슬픔은 더욱 힘이 세어졌다.

'이건 내가 아닌데…. 나 아닌 다른 무엇이 나를 희롱하고 있어.' 라고 깨달았는데도 감정의 횡포를 멈출 수 없었다. 매일매일이 지옥이었다. 그 지옥의 수인(囚人)은 바로 나 자신이었다.

드디어 그녀의 모욕이 나를 멈추게 했다. 나는 비탈에서 굴러 떨어진 바위처럼 산산조각이 난 자신을 발견했다.

그로부터 8년의 세월이 흘렀다. 지금 그 그네는 내가 사는 집 뜰에 놓여 있다. 그동안 이 그네는 노천에서 비에 젖고 마르기를 수없이 되풀이해 왔고, 개들이 쿠션 모서리를 물어뜯어 낡을 만큼 낡아 버렸다. 그래도 그네로서의 쓸모에는 아무 지장이 없다. 아침마다 신문을 거두러 나가서 웬만한 기사는 이 그네에 앉아 읽어 치운다.

가끔씩 그녀가 생각날 때가 있다. 용서를 구하지 못한 채로 마냥 세월만 흐르고 있다.

포도주

내가 살풀이춤을 배우기 시작한 것은 1997년 봄의 일이었다. 시작은 음악 때문이었다.

취미로 살풀이춤을 배워 십여 년 동안 정기적으로 춤을 추러 다니는 지인이 있었다. 하루는 춤연습을 하는 그녀를 따라 무용교습소로 갔다. 그녀를 지도하는 스승은 전통춤계의 일인자인 김 모씨의 딸이었고, 그녀와 함께 연습을 하는 동료는 김금화 씨로부터 내림굿을 받은 전통무용계의 중견 춤꾼인 K였다.

나는 나이 오십이 넘도록 한국의 전통소리, 전통춤과 너무나 무관하게 살아온 터여서, 그 교습소에 비치된 북이나 장구 그리고 김 모씨가 공연 때 찍은 사진들을 구경 삼아 둘러보았다. 그동안 세 사람은 긴 치마로 옷을 갈아입고, 손에는 하얗고 긴 명주수건을 들고 연습준비를 끝마쳤다. 그리고 오디오에서 음악이 흘러나왔다.

저음의 탁한 여성의 목소리로 부르는 그 노래는, 노래라기보다 탄식하고 한스러워하는 울음이었다. 세 사람의 춤을 가만히 지켜보는 동안, 나는, '살풀이'란 울음 우는 넋을 어르고 달래는 춤이로구나, 라고 생각하며 어쩐지 기분이 점점 나빠졌다.

살아오면서 내 인생의 어느 길목에서는 이 울음 우는 소리를, 소리로 춤으로 언뜻언뜻 접했으나, 그때마다 강하게 떨쳐 냈던 것 같은 기억도 되살아났다.

요컨대, 나는 한(恨)의 정서를 혐오했다. 한스러운 감정이 겉으로 드러나는, 이른바 땅을 치며 통곡하는 모습을 극히 혐오했다. 그것은 집안 내력에서 오는 성품이기도 했다. 나의 어머니는 열두 살 연상의 아버지와 결혼해서 육남매를 낳아 셋을 잃었고, 40대 중반에는 화재로 큰 재산을 모두 잃었다. 몇 년 뒤엔 남편도 잃었다. 결코 평탄한 삶은 아니었다. 그래도 나는 어머니가 땅을 치며 원통하게 우는 모습을 본 일이 없다.

원통하다는 것은 자기에게 닥친 일이 분하고 억울해서 승복할 수 없는 감정이다. 사람에게 닥치는 모든 불행은 미시적인 원인과 거시적인 원인이 중첩 또는 복합되어 일어난다. 미시적인 원인은 인간사에서 짚어낼 수 있으나, 거시적인 원인은 신의 섭리에 속한다. 불행을 맞고도 어머니가 원통히 울지 아니한 것이, 지식인으로서의 자존심 때문이었는지, 신의 섭리를 순종하는 마음으로 받아들였기 때문인지, 그 이유는 확실히 알 수 없다.

어쨌든, 살풀이 한마당이 끝났을 때 나는 몸을 꼿꼿이 긴장하고 버텼음에도 허리가 푹 꺾일 만큼 기분이 나빠졌다. 울음의 긴 막대가 내 정수리를 쑤시고 들어와, 발바닥에서 머리끝까지 하나로 관통하여 휘저으며, "이래도 너는 너의 삶이 슬프지 않니?" 하면서 울음을, 슬픔을 강요하는 것 같았다.

춤연습이 끝난 뒤 우리는 근처에 있는 식당으로 갔다. 누구는 떡국을, 누구는 순두부를, 나는 비빔밥을 주문했다. 잠시 후 음식이 왔다. 반찬 가운데 가자미 식혜가 있었다. 식혜를 한 젓가락 집어 입에 넣는데 울음이 울컥 넘어왔다. 일행들은 하던 얘기를 멈추고 나에게로 시선을 모았다.

"우리 남편이 좋아하던 거야."라고 나는 얼른 울음을 수습

했으나, 그것은 시작에 불과했다. 마치 뚜껑이 열린 것처럼 나는 아무 데서나, 누구 앞에서나 함부로 눈물을 쏟으며 슬프게 울어댔다. 내 안에 그렇게 많은 서러움과 원통함이 차곡차곡 쟁여 있으리라곤 상상치도 못한 일이었다. 울음은 한번 터지면 바닥을 긁어낸 뒤에야 멈췄다. 땅을 치지만 않았을 뿐이지 나는 내가 가장 혐오하던 모습을 하고 있었다. 어찌 됐든 울음은 내가 한 번은 통과해야 할 긴 터널이었다.

살풀이춤을 배우기로 결심했다. 선생은 K였고, 일주일에 한 번씩 집에서 개인지도를 받기로 했다. 그 당시 나는 서초동 교대 근처의 단독주택에 세 들어 살고 있었는데, 현관 옆방이 비교적 넓은 편이어서, 그 방을 레슨받는 방으로 꾸몄다.

음악 없이 기본동작만 익히는 첫날과 둘째 날은 그런대로 지나갔다. 셋째 날, 흰 명주수건을 들고 음악에 맞추어 익힌 동작을 연습하는데, 나는 내 몸이 울음의 깊은 소(沼)가 되어, 어떤 오래고 질긴 넋을 천천히 빨아들이는 것 같은 느낌을 받았다. 김동리의 〈무녀도〉에는 이런 장면이 있다.

모화는 넋대를 따라 점점 깊은 물 속으로 들어갔다. 옷이 물에 젖어 한 자락 몸에 휘감기고 한 자락 물에 떠서 나부꼈다. 검은 물은 그녀의 허리를 잠그고 부풀어 오른다…. 그녀의 춤과 물의 너울은 같은 박자 같은 율동으로 어우러지며 흘러내리기 시작했다.

명주수건은 그 넋대처럼 '나'라는 소(沼) 안으로 잠겨 들어오는데, 그 끝이 닿지 않았다.

어느 순간 나는 춤을 멈추고 부엌으로 달려가서 포도주 병을 따고 잔을 가득 채워 두 잔을 연거푸 마셨다. 취기로 슬픔을 눅인 뒤에야 연습을 다시 할 수 있었다.

그 뒤부터 춤연습이 있는 날엔 포도주를 레슨방에 가져다 놓고, 술을 마신 뒤에야 연습을 할 수 있었다. 살풀이춤을 잘 추려면 몸이 온전히 넋의 집 노릇을 해야 하는데, 그 넋은 슬픔과 울음, 탄식에 기식(寄食)하는 넋이었다. 그래서 춤연습을 하고 나면 이삼 일씩 앓아 누워야 했다. 몸이 물먹은 소금 가마니처럼 무거웠고, 종이 한 장 드는 것도 힘겨웠다.

나는 《문학사상》에 〈시간의 얼굴〉이란 장편소설을 연재하고 있었는데, 원고를 쓰지 못해 7개월 사이에 두 번이나 펑크를 냈다. 일할 의욕도 없었고, 마음이 미친 사람 널뛰듯 했다.

그러던 어느 날이었다. 이영자 여사한테서 전화가 왔다.

그분은 2년 전 어느 치과 의사의 소개로 알게 된 사이였는데, 잊을 만하면 전화를 해서 안부를 묻고, 부흥회나 성경공부 모임에 함께 가 보자고 권유하곤 했다. 나는 대체로 핑계를 대며 권유를 뿌리치다가 어떤 땐 미안해서 그분을 따라 나서기도 했다.

그날은 우리 집에서 성경공부를 함께 해보면 어떻겠느냐고, 집요하게 나의 대답을 유도했다. 나는 그분의 열의에 지고 말았다.

며칠 뒤 살풀이춤을 배우는 방에서 성경공부를 시작하게 되었다. 공부는, 이 여사가 성경을 읽어 가며 그 뜻을 해설해 주는 식으로 진행되었다. 그날 내 귀엔 성경 말씀이 단 한마디도 걸리지 않았다. 두 시간 남짓 앉아 있는 것이 고역이었다. 그것은 이 여사도 마찬가지였다. 나는 그녀의 콧잔등에 맺혀 있는 땀방울을 멀거니 바라보았다.

당시에는 알지 못했으나, 내 안에 들어와 집을 짓고 있는 어둠은, 이 여사를 통해 쏟아져 들어오는 말씀의 빛에다 순순히 자리를 내주려 하지 않았다.

그 무렵 이상한 일들이 많이 일어났다. 집의 전화가 끊임없이 울려대며, 남자도 여자도 나를 불러냈다. 모임에 나가 앉아 있노라면, 내가 무슨 팜므 파탈이라도 되는 양, 눈빛을 섞는 사람마다 즉각 몸이 달아올라 유혹의 손길을 뻗쳤다. 마음만 먹으면 나는 얼마든지 그들을 희롱할 수 있을 것 같았다. 유혹하는 그들을 내 맘대로 희롱하고픈 유혹을 참는 것이 쉽지 않았다. 실제로 누구하고도 어떤 선을 넘은 일이 없으면서도, 새벽 2시, 3시에 집으로 돌아올 때면 나는 자신이 몹시 방탕한 생활을 하고 있는 듯이 느껴졌다.

그런 중에도 이 여사는 일주일에 한 번씩 어김없이 찾아와, 나를 성경 말씀 앞에 꿇어앉게 했다. 내 몸은 두 세계의 전투장이었다.

그럴 즈음 그 일이 일어났다. 지인의 오빠가 어느 카페에서 재즈 공연을 하는 날이었다. 나는 친구 몇 명을 데리고 공연을 보러 가겠다고 약속했으나, 마음이 이유 없이 불안 초조하여 아침부터 내내 집 안을 서성거렸다. 어디선가 전화가 왔고, 그것을 받으러 침실에서 서재 쪽으로 달려가다가 손잡이에 걸려 거꾸로 처박혔다. 책상 모서리에 찍힌 머리를 움켜쥐고 방바닥에 주저앉았다. 아찔한 순간에 어떤 경고의 음성이 들리는 듯했다. "너 이런 식으로 살다간 죽는다." 보이지 않는 손이 내 목을 움켜쥐고 흔드는 것 같았다. 정신이 번쩍 들었다. 머리에도 손에도 피가 낭자했다. 갑자기 나는 그 피가 내 피로 느껴지지 않고 내 안에 들어와 있던 그분(말씀)의 피로 느껴졌다. 미망에 갇혀 죽음으로 내달리는 나를 깨우쳐 주기 위해 그분이 흘리신 피라 생각되었다. 설명할 수 없지만 그 사실이 수학공식처럼 확실하게 믿어졌다.

피를 휴지에 대강 닦고 나서 나는 얼른 성경을 펼쳤다. 언약의 피에 대한 말씀을 찾아냈다.

또 잔을 가지사 사례하시고 저희에게 주시며 가라사대 너희가 다 이것을 마시라. 이것은 죄사함을 얻게 하려고 많은 사람을 위하여 흘리는 바 나의 피 곧 언약의 피니라.

(마태 2, 26장 : 27 ~ 28절)

드디어 나도 믿게 되었다. 포도주가 몸바꿈〔化體〕하여 언약의 피가 되는 이치를.

나는 살풀이춤 배우기를 당장 그만두었다. 탄식하는 넋들에게 더 이상 내 몸을 빌려 주고 싶지 않았다. 아니, 내 몸 안에 내재되어 있는, 탄식하는 넋으로 하여금, 걸핏하면 그들과 내통하고 무리 지어 꺼이꺼이 울어대는 것을 막아야 했다.

나는 우선 몸을 맑게 해야겠다고 결심했다. 불러내고 찾아오는 전화를 따돌리기 위해 자동응답을 설치해 놓고, 새벽에 일어나 물병을 들고 우면산으로 가기 시작했다.

첫날 나는 집을 나와서 산에 이르기까지 스무 번도 더 걸음을 쉬었다. 어둠의 소(沼)가 된 내 몸은, 맑고 밝은 기가 한 발짝 가까워지면 지는 만큼 몸부림치며 저항했다. 한 발짝 옮기는데 땀이 비 오듯 흘렀다.

마침내 남부순환로를 건너 산 입구에 다다르자, 박하처럼 서늘한 산의 정기가 뼛속까지 스며들었다. 산의 정기(精氣)는 말씀이 몸바꿈한 기운으로 느껴졌다. 이곳으로의 행보만이 살길이라고 깨달아졌다.

숲의 우묵한 푸른 그늘에 이르러 바위를 걸터듬고 하염없이 앉아 있었다.

— 무엇이 그토록 원통했었나?

— 하늘 아래 원통한 것은 아무것도 없지. 너의 결핍감, 상실감이 울어댈 구실을 만들어 냈던 거지.

나는 혼자서 자문자답을 계속했다. 울어대다 보면 울음의 끝이 나 자신의 상실감, 결핍감을 지나, 인간 존재의 근원적 덧없음에 이르곤 했다. 존재 자체의 이 구멍을 무엇으로 메우나. 그것이 내 탄식의 핵심이었다.

맑은 새소리 나는 쪽으로 얼굴을 돌리니 그곳에 달개비꽃
이 소복하게 피어 있었다. 달개비꽃 하나를 뜯어 손에 들고
산을 내려왔다. 그 구멍을 메울 해답이 없는 게 아니고, 있

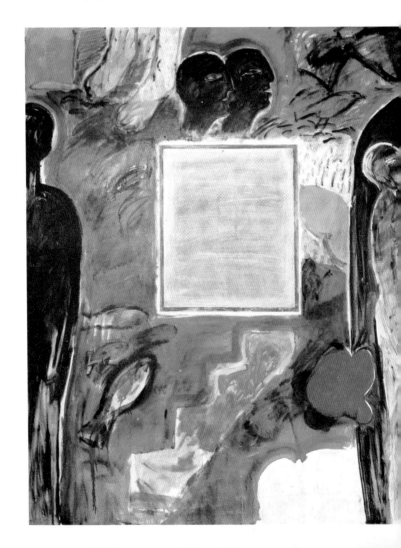

는데 내가 눈을 뜨지 못해 알지 못했던 게 아닐까. 일단은 그것이 내가 첫 산행에서 얻은 해답이었다. 몸이 한결 가벼워져 있었다.

콜라

혼자 아침을 먹고 호텔 방으로 가 보니 K는 여전히 잠자리에 누워 있었다. 다른 일행이 묵고 있는 옆방에서도 아무 기척이 없었다. 그들은 느지막이 일어나 로르카의 집을 보러 가겠다고 했다.

그라나다 지도와 여행안내 책자를 가방에 넣고 방을 나서려는데 K가 부스스한 얼굴로 물었다.

"너는 어디로 갈 거니?"

"글쎄, 나가 봐야지."

내 대답은 퉁명스러웠다. 짜증을 숨긴 것만도 다행이었다.

K는 가까운 친구였고, 옆방의 일행인 S씨 L씨도 평소에

가까이 지내 온 동료 작가였다. 우리는 글을 써 주기로 하고 신문사와 출판사로부터 경비를 보조받아 이라크 · 요르단 · 터키 · 그리스 · 이태리 · 스페인 · 프랑스를 여행하는 중이었다. 그 여행은 바빌론 축제에 다녀온 내가 그 이듬해 이라크의 북부지역 하트라에서 열리는 축제에 다시 초대받아, 세 작가에게 동행을 권유함으로써 시작되었다. 한 달 가까이 계속된 여정은 이틀 뒤에 도착하게 될 파리가 종착지였다.

레스토랑을 가득 메웠던 미국인 단체 손님들은 이미 관광에 나선 모양이었다. 리셉션 데스크 앞은 한산했다. 나는 전화를 빌려서 다이얼을 돌렸다. 간밤에 넵튠이란 타블라오에서 본 플라멩코 춤을 다시 한번 볼 참이었다. 예매를 하고 나서야 초조하던 마음이 다소 진정되었다.

일행들과 나 사이에 야릇한 불협화음이 생기기 시작한 것은 여정에 오른 직후부터였다. 어디에 가고, 무엇을 먹고, 무엇을 볼 것인가를 결정할 때마다 세 사람의 의견은 대체로 일치하는데 반해, 내 의견만 번번이 엇나갔다. 가령 바그다드에서 저녁식사 후 티그리스 강변을 걸어 보자고 하면, 일행들은 고단해서 들어가 자야 한다고 했다. 인터뷰를 하자는 현지 언론에 대해 나는 그깟것 할 필요 없다고 말하고, 일행들은 한국을 대표하는 작가의 자부심으로 인터뷰에 응

했다. 암만 주재 한국대사관의 영사가 저녁 초대를 했을 때는, 예상되는 허례와 불편함 때문에 가고 싶지 않았으나, 일행들은 기꺼이 초대에 응했다. 한편 그라나다에 왔으니 플라멩코 춤 공연을 꼭 보아야 한다고 고집을 부린 것은 나였고, 그들은 관람료가 비싸다며 떨떠름해 했다. 할 수 없이 내가 부담하기로 하고 우리는 넵튠이란 타블라오로 갔다. 가는 길에도 길을 안내하는 두 청년이 골목길로 이끄는 것을 수상히 여겨, 멀찍이 떨어져 따라오면서도 몇 차례나 나를 불러 세웠다. 그러나 그들은 우리를 넵튠 앞에 데려다 주고 정중하게 인사까지 하고 돌아섰다.

공연은 사십 분 남짓 이어졌다. 기타 반주에 맞추어 여가수가 깐떼를 불렀고, 무희들이 한 사람씩 등장해서 플라멩코 춤을 추었다. 네 번째 나온 무희의 춤을 보고 있는 동안, 나는 갑자기 그 춤으로부터 깊은 상처를 입은 느낌이었다. 아니, 그 춤은 내 안에 있는 가눌 길 없는 슬픔, 가눌 길 없는 회한, 가눌 길 없는 자책을 깨우쳐 주었다. 무희의 치맛자락은 투우사의 뮤레타처럼 격정과 비탄 사이를 번갈아 오가며 내 안에서 슬픔을, 회한을 끝도 없이 이끌어 냈다.

그녀 뒤로, 다섯 번째 여섯 번째 독무가 이어졌고, 6인의 군무, 그리고 하이라이트로 남녀 2인무가 펼쳐졌다. 2인무에 출연한 무희는 일급 무용수들이었다. 그러나 내 시선은 네 번째 나온 무희에게만 붙박혀 있었다. 그녀가 무대에서 퇴장하자 가슴에 구멍이 뚫린 듯 허전했다.

공연이 끝난 뒤 우리는 저녁을 먹으러 갔다. 일행들의 표정은 춤을 보기 전이나, 보고 난 후에나 별반 차이가 없었다. 그저 메뉴판을 들여다보며 값싼 음식 찾기에 여념이 없었다. 그때 나는 비로소 우리 사이의 불협화음의 정체가 무엇인지 확실히 깨달았다.

나에게 이 여행은 절박함에 내몰리어 마지막으로 선택한 돌파구인데 반해, 일행들에겐 일상과 일의 연장 위에 이국 정취가 더할 뿐인 그런 것이었다.

식사를 하면서 일행들은 길 안내를 해준 스페인 청년들이 미남이었다는 얘기, 그들을 오해하여 마음을 졸였다는 얘기를 하다가 문득 나에게로 시선을 돌렸다.

"너 왜 아무 말도 안 하니?"

화난 사람처럼 나는 묵묵히 포크질만 계속했다. 우리 사이의 불협화음은 단순한 취향, 견해의 차이에서 비롯되는 것이 아니었다.

내게는 사실상 동료들과 공유할 감정이 아무것도 남아 있지 않았다. 내게 남은 것은 크나큰 상실감·박탈감·쓰디쓴

냉소·고통·눈물·불신·미움뿐이었다. 내게는 인생에서 기대할 의미도, 지켜야 할 자부심도, 소중히 여길 만한 가치도 더 이상 남아 있지 않았다. 문학도 아무 위안이 되지 않았다. 있다면 침묵, 내가 인생에서 겪은 치명적인 것, 사람에게서 당한 잔혹한 짓에 대해 하고 싶은 말을 삼켜서 가슴에 접어 두는 것뿐이었다. 영화 〈볼레로〉에서 아우슈비츠로부터 살아남은 유대인 바이올리니스트가 전쟁 중 내내 안전지대에서 손끝 하나 다치지 않고 지내 온 동료들을 만났을 때 희미한 미소를 짓는 것이 최선이었듯이.

그런데 그라나다에서 나는 한 무희에 의해 가눌 길 없는 슬픔과 아픈 기억 모두를 들켜 버리고 말았다. 춤은 나를 꿰뚫어 고통 위에 엎드러지게 했는데 나는 일어날 방도를 알지 못했다. 여행의 나머지 일정이 어찌 되든 나는 그 춤을 다시 보아야 했고, 무희를 다시 만나야 했다. 슬픔은 더 큰 슬픔 속으로 들어가는 것만이 위안이었다.

〈넵튠〉의 공연시간 때까지는 아직 아홉 시간이 남아 있었다. 나는 호텔 현관 앞에서 지나가는 행인들을 우두커니 바라보다 마음을 정했다. 알함브라 궁전의 코마레스 탑에서 바라본 건너편 산기슭의 하얀 동네를 찾아갈 참이었다. 그곳은 아랍인 거주 지역으로서 길들이 미로처럼 얽혀 있어

외국인은 길을 잃기 쉬우니 주의하라는 설명이 있었다. 하지만 이미 길을 잃어 갈 곳을 알지 못하는 터에, 또 한번 길을 잃은들 무슨 대수인가.

내가 그곳으로 가려는 데는 또 다른 이유가 있었다. 알바이신이라고 하는 그곳의 옛 주민들은 레콩키스타(7세기부터 이베리아 반도에 유입해 온 회교도들이 점거하고 있던 국토를 기독교인들이 되찾기 시작한 운동)로 그라나다가 기독교인들에게 함락되었을 때 최후까지 저항하여 흰 벽과 돌길이 붉은 피로 물들었다는 역사가 있었다.

택시는 나를 산 니콜라 광장에 내려놓고 돌아갔다. 조약돌이 다닥다닥 박혀 있는 자그마한 광장의 돌벤치에 앉아 관광기념품을 팔고 있던 집시 아주머니가 캐스터네츠를 치며 다가왔다. 그녀에게서 캐스터네츠 치는 법을 십 분쯤 배우고 나서 하나를 샀다.

광장에서 건너다 보이는 알함브라 궁전의 전경이 슬프도록 아름다웠다. 시에라 네바다 산의 눈 덮인 흰 능선이 푸른 하늘을 배경으로 궁전을 감싸고 있었다. 서양 남자가 광장한켠에서 이젤을 세워 놓고 그 전경을 화폭에 담고 있었다. 축대에 걸터듬고 앉아 알함브라 궁전을 하염없이 바라보았다. 한 시간 남짓 그렇게 시간을 보내고 나서 자리에서 일어났다.

니콜라 교회를 끼고 오른쪽으로 돌아간 곳에 카르멘이라는 정원을 가진 고급 저택이 있었다. 우체통 구멍으로 들여다본 그 집의 파티오엔 핏빛처럼 붉은 칸나 꽃이 가득했다. 벽과 벽 사이의 좁은 미로에서 아랍인의 혼이 스며 나와 내 손을 잡아끄는 듯했다.

방향을 알 수 없을 만큼 미로 깊숙이 들어온 듯했다. 혼자뿐인 길 위에 어디선가 발걸음 소리가 들려왔다. 걸음을 멈추고 뒤를 돌아다보았다. 흑단처럼 검은 머리를 반듯하게 빗어 넘기고 검은 진바지에 흰 티셔츠 차림의 여성이 저만큼서 걸어오고 있었다. 무심히 바라본 그녀가 넵튠의 그 플라멩코 무희라는 것을 알아본 순간, 나는 숨이 멎는 것 같았다.

그녀가 내 앞을 지나쳐 가려 했다.

"잠깐요, 어저께 당신의 춤을 보았어요."

나는 떨리는 다리를 간신히 지탱하고 서 있었다. 그녀가 하얀 이를 드러내며 웃었다.

"고맙습니다."

그뿐 우리는 더 이상 할 말이 없었다. 그녀가 돌아서 가던 길로 가자 나도 발걸음을 옮겼다. 얼마쯤 가노라니 가슴이 미어지는 듯 아팠다. 좀더 붙잡고 말을 걸어 볼걸. 이름이라도 물어 볼걸. 돌이켜 다시 그 장소로 달려가 보았으나 그녀의 모습은 흔적조차 찾을 길이 없었다. 사방으로 뚫려 있는 미로엔 닫힌 문들뿐이었다. 미친 듯이 미로를 헤매었으나 나는 어느 문을 두드려야 할지 알 수 없었다.

그녀를 놓치고, 나는 허탈한 마음으로 미로 속을 계속 맴돌았다. 5월 초순의 그라나다 날씨는 이미 초여름이었다. 옷이 흠뻑 젖을 정도로 땀이 났지만, 정작 마음의 기갈은 다른 데 있었다. 어디선가 발걸음 소리도 없이 한 남자가 내 앞에 불쑥 모습을 드러냈다. 그가 나를 보고 빙그레 웃었다.

"당신 길을 잃었군요. 이곳에 오면 외국인들은 거의 모두 길을 잃어요."

길이란 찾아 나가고 싶을 때 잃었다고 한다. 나는 잃은 채로 그곳에 좀더 머물고 싶었다.

"나가는 길을 가르쳐 줄 테니 따라오세요."

그가 다시 영어로 말했다. 괜찮다고 거절해도 그는 한사코 고집을 부렸다.

미로를 벗어나 언덕길로 접어든 곳에 상점이 하나 있었다. 나는 콜라 한 캔을 샀다. 탄산수 한 모금이 논바닥처럼 갈라진 마음 안으로 흘러내렸다.

알함브라 궁전 옹벽 밑을 흐르는 다로 강가를 걸어가며

나는 내내 콜라를 한 모금씩 들이켰다. 이런 심정으로 저녁 공연 때까지 어떻게 기다릴까. 해는 아직 중천에 떠 있었다.

저만큼 앞에서 젊은 남녀들이 길을 메우고 다가왔다. 가까이 다가온 그들 속에 그녀가 있었다. 나는 내 눈을 의심했다. 이번에야말로 용기를 내지 않으면 그녀를 영원히 놓칠 것 같았다. 나는 그녀를 불러 세웠다. 이름도 주소도 물어보고 저녁에 공연을 보러 간다는 얘기, 내일 점심에 초대를 하고 싶다는 얘기를 다 했다. 그리고 행인에게 부탁하여 사진도 함께 찍었다.

그녀의 이름은 스텔라 아브라조였다. 귀국한 뒤에도 나는 그녀에게 여러 차례 편지를 썼고, 그녀를 한국으로 초청하려고까지 맘먹었다. 그녀에게서 소식이 없자, 스페인 사람과 결혼한 지인의 조카에게 부탁하여 그녀를 만나 보라고 간청했다. 그녀가 사는 지역이 우범지대여서 찾아가기가 쉽지 않다더라는 지인의 대답을 듣고서도 나는 애걸복걸 매달렸다. 지인이 웃음을 터뜨리며 나더러 혹시 동성애자 아니냐고 놀려댔다.

스텔라를 통해 내가 찾으려 했던 것은 무엇이었을까. 몇 년 뒤 성경을 공부하게 된 뒤에야 나는 깨달았다. 스텔라는 자기 연민이 만들어 낸 환영이었다.

앨범을 뒤적이다 그때 찍은 사진을 들여다본다. 사진 속 길가의 난간에 놓여 있는 빨간 콜라 캔은 죽음에 이를 만큼 치명적이었던 내 결핍감, 상실감의 징표였다. 지금은 웃음이 나올 만큼 새삼스럽다.

녹음기

기억의 집 속엔 수많은 빈 방들이 있다. 그 방들 하나 하나는 지금의 내가 벗어 놓은 허물들이다. 지금의 나는 항상 내일의 내가 벗게 될 허물에 지나지 않는다. 인생 은 구원을 위한 끊임없는 허물벗기의 연속이다.

작동이 되지 않는 녹음기를 가지고 고장수리센터로 찾아 갔다. 기술자의 손에서 이리저리 매만져지던 녹음기는 금방 움직이면서 소리를 쏟아냈다.

— 아무 이상이 없는데요.

그의 설명에 의하면 작동방법이 틀렸다는 것이다.

십 년 넘게 서랍에 넣어 둔 채 잊어버렸던 녹음기를 찾게 된 것은, 지난달 터키 성지 여행을 하는 동안, 동행을 해주신 한국인 선교사의 안내말씀이 너무 귀하게 여겨져, 집에 두고 온 녹음기 생각이 간절했기 때문이었다.

여행에서 돌아온 뒤 때늦게 집 안을 온통 헤집은 끝에 녹음기를 찾아냈다. 어디다 보관했는지 기억조차 나지 않을 만큼 녹음기는 생활 저편으로 쓸모가 잊혀져 있었던 것이다.

내가 이 녹음기를 구입한 것은 1991년 가을쯤이었다. 그당시 나의 남편은 뇌졸중으로 쓰러져 의식불명 상태에서 투병 중이었다. 환자는 스스로 움직이지도, 먹지도, 말하지도 못하는 상태였기 때문에, 주변의 도움이 절대적으로 필요했다. 나는 아내임에도 그의 간병을 제대로 할 수가 없었다. 그의 전처 자식들이 24시간 고용한 간병인을 내세워 나를 환자에게서 떼어 놓았기 때문이다. 환자가 쓰러진 지 한 달 만에 그들은 남편과 내가 살던 집으로 쳐들어와 집도 차지해 버렸다. 나는 빈 몸으로 나와서 이모 집으로, 동생네 집으로 전전하면서, 매일 환자를 보러 병원으로 갔다.

그들은 간병인까지도 포섭해서 환자를 보러 온 나를 감시, 경계하게 했다. 간병인은 남편에 대한 나의 간호를 의도적으로 트집잡았다. 병실에서 마주치는 가족들 한 사람 한 사람이 무언중에 적의의 칼침을 휘둘렀다. 조롱·무시·무조건적인 증오. 그의 아들들 중에 한 사람은, 아버지를 간병한다는 구실로, 아버지 집에서 아버지 돈으로 생활하면서, 저녁때 병실에 나타나 두세 시간씩 머물다 가곤 했다. 그는 나에게 상습적으로 폭언을 퍼부었다.

— 당신이 아버지를 독살할지 어떻게 아느냐.

하지만 내가 정작 고통스러웠던 것은 그들의 온갖 터무니없는 음해보다, 남편에 대한 내 믿음이 흔들린다는 사실이었다.

남편이 쓰러졌을 때, 만약의 사태를 대비해 그는 아내를 위해서도, 자식들을 위해서도 아무것도 해 놓지 않았다. 준비된 유언도 유언장도 없었다. 1990년 7월 30일 오후 4시쯤 그가 쓰러진 당시의 시간에 모든 것이 멈추어 버린 것뿐이었다. 평상시에는 호적에 오른 아내와 같은 집에서 산다는 것 자체가 부부관계를 증명하는 것이었다. 그러나 비상시가 되었을 때는, 만의 하나를 대비한 그의 마음을 나타내 주는 것이 따로 있어야 했다. 자식들은 아버지가 그토록 당신을 끔찍이 사랑했다면, 왜 만일의 사태를 위해 아무것도 대비해 놓지 않았겠느냐며, 남편과 나의 관계 자체를 조롱했다.

아마 그 즈음이었을 것이다. 나는 그들의 폭언을 녹음해

두어야겠다고 결심했다. 용산 전자상가에서 내가 구입한 녹음기는 고성능 초소형 녹음기였다. 옷소매나 주머니 안에 감추기에는 안성맞춤이었다.

그러나 나는 그 녹음기를 몰래 사용하는 것을 포기했다. 그렇게 하는 나 자신이 수치스러웠기 때문이다. 뿐만 아니라 몰래 녹음한 내용이 가해의 증거가 될지는 몰라도, 무언중에 나누는 부부만의 대화를 통해 내가 얻는 위안은, 그와 같은 증거를 더 이상 필요로 하지 않았다.

운동을 시키기 위해 남편을 휠체어에 태우고 병원복도를 도는 일은, 내게 남은 유일한 즐거움이었다. 대개는 간병인이 휠체어를 이끌고 내가 옆에 따라다니는 식이었으나, 병실 정돈이나 다른 일 때문에 간병인 없이 나 혼자 남편을 운동시킬 때도 많았다. 우리 부부만의 오붓한 시간. 휠체어를 밀면서 나는 남편에게 많은 이야기를 들려주었다. 의학적 판단에서는 의식불명이라고 하지만, 나는 남편이 모든 소리를 듣고 있다는 것을 알았다. 환자가 잠자는 동안 문병 왔던 제자들 이야기, 친구들 이야기, 신문에 난 정치경제 이야기를 하면서도, 정작 내 마음을 무겁게 짓누르고 있는 의문에 대해서는 한마디도 물어보지 않았다.

휠체어를 밀다 보면 "당신 인생에 나라는 존재는 무엇인가요?" 하는 의문은, 남편이 대답할 문제가 아니라, 나 스스로 그 대답을 찾아가야 하는 일이라고 깨닫게 되었다.

벌거벗겨진 채 광야에 서 있는 것 같은 나의 상황은 인생 전반의 문제였기 때문에, 남편의 대답조차 사실상 아무런 위안이 되지 않는 상태였다. 그것은 남편도 마찬가지였다. 그가 내 삶의 전부였다는 것이, 하루하루 생과 사의 줄다리기를 홀로 힘겹게 치르고 있는 그에게 무슨 위안이 되겠는가.

내 울부짖은들 천사의 열(列)에서 누가
들어주랴. 설혹 한 천사가 있어 갑자기
나를 가슴에 껴안는다 해도, 그 힘찬 존재 때문에
나는 사라지고 말리라.

그리하여 나 스스로 억제하며 어두운 흐느낌 유혹하는
소리 삼키는 것이니. 아아, 우리가 부릴 수 있는 자
누구란 말인가. 천사도 인간도 아니다.
영리한 짐승은 벌써 알고 있나니
이미 알고 있는 세상 의지하고 더 이상
편안할 수 없음을. 아마도 우리에겐
매일같이 보고 또 볼 비탈길 어느 한 그루 나무만이

남아 있으리라. 또한 어제 거닐었던 거리와,

우리가 마음에 들어가지 않고 머물러 있는

습관의 뒤틀린 성실함이 남아 있으리라.

오오, 그리고 밤, 밤이 있다. 그때 세상 공간 가득한 바람이

우리의 얼굴을 파먹는다. ─누구에게 밤이 남아 있지 않으랴.

기다렸으면서도 부드러운 환멸을 느끼게 하며 외로운 마음에

고통스레 다가서는 밤. 연인이라 해서 밤이 더 마음 가벼울까.

아아, 그들은 서로 상대방에게 자신의 운명을 감출 뿐이다.

─ R. M. 릴케, 〈두이노의 제1비가〉 중에서

어느 날이었다. 환자에게 필요한 물건들을 양손에 들고 병실로 들어섰다.

병실이 텅 비어 있었다. 간호사의 말에 의하면 가족들이 환자를 집으로 퇴원시켰다고 했다. 나는 남편이 누웠던 빈 침대를 한번 쓰다듬어 보고, 그가 잠에서 깼을 때 바라보았

던 창 앞으로 가서 한동안 하늘을 쳐다보다 집으로 돌아왔다. 그것이 내가 생존시 남편의 체취를 접할 수 있었던 마지막 기회였다.

일 년 뒤 나는 혼자서 바그다드 여행길에 올랐다. 당시 한국에 와 있던 이라크 대사인 가잘 씨의 한 마디는 머나먼 미지의 나라로 여행을 감행하기엔 너무나 요령부득이었다. 그가 내게 한 말은, "우리나라에서 9월에 바빌론 축제라는 행사가 열린다. 당신이 가겠다면 내가 본국에 추천서를 보내겠다."라는 것이었다.

내가 그의 제의를 덥석 받아들인 것은, 그 일의 무모함, 불확실성 때문이었다. 나는 죽고 싶었는데, 자살이 아닌, 남의 이목을 끌지 않는 다른 이유를 찾고 있었다. 여행 중에 실종되다. 마치 눈이 녹듯, 그렇게 자기가 살던 자리를 거둘 수 있는 방법이 아닌가.

내가 떠나기로 결정했을 때 대사가 그 여행에 도움을 준 것은 오직 한 가지, 요르단 암만 주재 이라크 대사관에 있는 아델이라는 사람의 전화번호였다.

나는 봉사 문고리 잡듯 여행길에 올랐다. 사전에 얻은 아무런 정보도 지식도 없었다. 나는 그 무모한 여행길에 감춰져 있을 함정 또는 덫들 중 하나에 걸려들어 대한민국이라는 나라에 다시는 돌아오지 않을 수만 있다면… 하는 바람뿐이었다.

여행길에 내가 맘먹고 챙긴 것은 녹음기였다. 딱히 어떤 상황일 때 녹음기가 필요하게 될지는 알 수 없었다. 막연히 예상한 것은, 그 오래된 아라비안 나이트의 고장, 어느 뒷골목에서 복면을 쓴 남자에 의해 목이 졸린 채 죽어 갈 때 내 주머니 속에 녹음기라도 있으면 좋지 않을까 하는 생각이었다.

바그다드로 가는 길은 실종을 꿈꾸며 장도에 오른 나에게 너무나 매혹적이었다. 특히 암만에서 바그다드까지 육로로 18시간가량 달리는 길은, 사막을 횡단하는 길이었다. 양쪽 도로변으로 엉성한 철조망이 이라크와 요르단의 국경지대까지 계속 이어져 있지만, 그 넓디넓은 불모지에 철조망이 암시하고 있는 경고는 오히려 우스꽝스러워 보였다.

차를 세운다. 손에 녹음기 하나 달랑 들고 나는 철조망을 넘어 사막으로 들어선다. 풀 한 포기 없고, 기어다니는 벌레 한 마리 없고, 공중에 날아다니는 새 한 마리 없는 광막한 사막을 걷고 또 걷는다. 손에서 돌고 있는 녹음기가, 나의 걸음걸음을, 풀썩이는 먼지, 조금씩 거칠어지는 호흡, 세상이 하얗게 바래지도록 강렬하게 쏟아지는 햇빛, 간혹 지평

선 저 끝에서부터 기둥처럼 일어나 달려오는 돌개바람 소리를 기록하고 있다.

차가 달리는 동안 내내 나는 차창 밖으로 그 황막한 황무지를 바라보며 그런 생각을 이어갔다.

열흘 뒤 돌아오는 길에는 축제에 참석했던, 각기 다른 국적의 작가, 시인, 기자, 방송인 등이 함께 동승했다. 그들 중에는 요르단의 민속무용단도 있었다. 그들이 민속악기에 맞춰 부르는 노래는, 실종을 꿈꾸었으나 미완에 그친 나의 여행길이 앞으로 더 가야 할 곳이 있음을 암시해 주었다. 나그네는 아무리 서러워도 길에서조차 쉴 수 없었던 것이다. 해답을 찾을 때까지.

그 해답은 전혀 예상치 못한 방향에서 내게 다가왔다. 자신이 믿었던 모든 것이 무익해지고 오직 홀로 하늘 아래 서 있을 때, 자기 안에서 눈물처럼 고여 오르는 음성. 이제야 너는 나를 따를 준비가 되었구나. 너의 육신의 삶이 바로 너의 십자가이다.

이제 나의 삶은 이 음성을 따라가는 길로 옮겨와 있다. 녹음기의 쓸모가 완전히 바뀐 것은 물론이다.

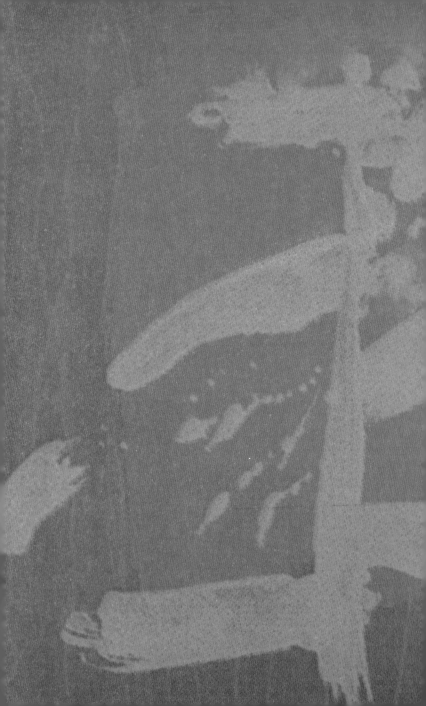

갈
망 *Blue*

보길도를 꿈꾸며

일상의 니힐

섬광, 그리고 재…

충만한 적막함

향수. 침묵의 말들

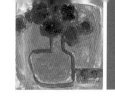

보길도를 꿈꾸며

십수 년 전 나는 단돈 오만 원밖에 가진 것이 없으면서도 다니던 직장을 덜컥 그만두었다. 사람들은 내가 글을 본격적으로 쓰기 위해서 직장까지 그만둔 것으로 알았지만, 사실은 그게 아니었다.

내가 다니던 직장은 잡지사였는데, 출퇴근 시간에 대해서는 비교적 너그러웠으나, 잡지의 발행일자에 대해서는 추상같이 엄격했다. 그러니까 무슨 일이 있어도 매달 발행일자만은 엄수해야 한다는 것이 사주의 단호한 주문이었다.

그런데 월간 문예지를 편집해 본 사람이라면 알다시피, 삼사십 명씩 되는 필자들로부터 2,500매가량 되는 원고를 받아내어, 원고 교정, 레이아웃, 인쇄 교정, 인쇄 등의 제작 과정을 한 달 만에 끝내고 제날짜에 꼬박꼬박 책을 발간하는 일은 결코 쉽지 않다. 게다가 원고 중 대부분이 창작 원고이다 보니 마감에 맞추어 원고를 쓸 수 있을지, 없을지는 필자들 자신도 확신할 수 없는 일. 편집부에서 아무리 원고를 제날짜에 받아내고 싶어도 써 줄 사람이 안 써진다는 데야 별 도리 없는 일이 아닌가.

그러다 보니, 발행날짜는 매번 늦어지기 일쑤였고, 또 그럴 때마다 나는 편집부 직원들 모두를 대신해서 사장으로부터 호되게 문책을 당하곤 했다.

언젠가, 그날도 닷새나 늦어진 견본품을 가지고 사장실에 불려가 호된 질타를 당한 뒤였다. 마음이 우울하고 슬프고 쓰디썼다. 편집자로서 잡지의 발행날짜를 지키지 못한 나는 무능하기 짝이 없는 인간이고, 세상은 잡지《Q》가 제날짜에 나오지 못한 것 때문에 발칵 뒤집히기라도 할 것 같았다.

일을 끝마쳤다는 홀가분함도 없이 사무실을 나와, 땅거미 지는 거리를 걷고 있을 때였다. 바쁘게 오가는 행인들을 바라보노라니, 잡지《Q》와 25일이란 날짜에 그토록 맹목적으로 사로잡혀 있는 나 자신이 몹시 우스꽝스러워졌다. 그들은 내 어깨를 스쳐 가며 반문하는 것 같았다. "잡지《Q》라구요? 그게 뭐죠?" 또는 "잡지 《Q》가 25일에 나오든 30일에 나오든, 또는 아주 안 나오든, 나하고는 아무 상관 없다구요."

그러고 보니, 일을 그만두면 잡지 《Q》의 일은 나의 삶에서도 그 의미가 반감되거나 잊혀질 그 무엇이었다. 아니, 이럴 수가? 그와 동시에 내 마음은 내 존재와 더불어 시작된 어떤 본연의 두려움 없고 흔들림 없는 중심으로 되돌아와 있었다. 그로부터 얼마 후에 나는 직장을 그만두었다.

글쓰기가 내 생계의 수단이 된 지 사오 년쯤 되었을 때, 나는 또다시 외부의 힘에 등을 떠밀린 채 헉헉거리고 있었다. 청탁받은 각종 원고의 마감이 내 목을 옭죄이고 있어 마음이 항시 꼿꼿하게 긴장되어 있었다. 전화벨만 울려도 죄지은 사람마냥 가슴이 두근거렸다.

글빚에 쫓기다 못해 전화 코드를 빼놓고 초조하게 지내던 어느 날, 내 마음 깊은 본연으로부터 한 목소리가 솟아올라 나를 깨우쳐 주었다. "글이야말로 푹 익어서 따는 과일 같은 것이어야 하는데, 거기에 내 생계가 걸려 있다고 해서, 익지도 않은 과일을 따려고 하다니…. 글쓰기는 기능이 아니다. 삶은 더구나 어떤 목적을 위한 수단이 아니다."

그래서 나는 글쓰기를 청탁에 맞추지 않고, 나의 내부에

서 저절로 익을 때까지 기다리면서, 되도록 한가한 시간을
많이 가지려고 애썼다. 마음이 한가하니 마음속으로 살이
폭폭 찌는 것 같았다. 독서를 하건, 음악을 듣건, 빨래를 하
건, 설거지를 하건, 심지어 멍하니 앉아 있을 때조차도 나와
세계가 하나됨에서 오는 내밀한 충족감이 소롯이 고여 오르
는 것 같았다. 나는 혼잣말을 중얼거리곤 했다. '살아 있다
는 것이 이렇게 즐거운 것인데 말씀이야.' 그리고 나선 괜히
혼자서 킬킬거렸다.

살아가는 것에는 단지, 어떻게 사는가, 하는 방법이 있을
뿐이다. 그 방법이 삶의 내용이 되고, 차원이 되는 것이라고
나는 잠정적으로 결론지었다. 나는 마음의 여유를 침해하는
모든 것으로부터 비켜나기 시작했다. 경쟁, 성취, 사교, 출
세 등을 통해 일인자가 된다는 것이, 사실은 사는 재미를 잃
어버린 데 대한 값비싼 대가로서 주어진다고 생각되었다.

사는 재미, 그것은 보고, 듣고, 냄새 맡고, 만지고, 맛보고
하는 오관의 기능에 마음을 얹기만 하면 저절로 얻어지는
것이었다. 오관을 통해, 나와 세계가 나누는 친교, 그 속에
사는 기쁨이 모두 내포되어 있었다. 내가 경계해야 될 것은
자연 리듬 대신 인위적인 리듬에 휘둘리지 않는 것. 인위적
인 리듬에 휘둘리게 되면 마음이 쫓기고 초조해져서 여유를

잃게 된다. 여유가 없는 상태에서는 꽃을 보아도 마음에 담기지 않고, 어떤 아름다운 선율이 들려와도 귀에 들리지 않는다. 꽃을 보면서도 아름다움을 느끼지 못한다면, 이 세상 그 무엇이 우리에게 기쁨을 주겠는가. 삶의 비밀은 사는 방법에 있다.

내가 사는 곳은 서초동, 도심의 한복판이지만, 내가 사는 방법은 시골 사람이나 다름없다. 나는 차를 운전할 생각도, 자동차를 가질 생각도 없다. 웬만한 거리 정도는 걸어다니면서 걷는 속도로 세상과 만나고, 친해지고 싶기 때문이다.

나는 원고를 줄 때 팩스를 잘 사용하지 않는다. 담당자를 만나서 차라도 한 잔 마시며 이 얘기 저 얘기 나누는 것이 즐겁기 때문이다.

나는 전자레인지나 세탁기 같은 것을 거의 사용하지 않는다. 그것이 주는 편리함을 좋아하기보다, 손으로 빨고 비비는 약간의 노동이 더 좋기 때문이다.

나는 원고를 쓸 때 컴퓨터를 사용하지 않는다. 컴퓨터를 사용해야 할 만큼, 빠르게 많이 써야 할 이유도 없고, 무엇보다 액정 화면에서 방사되는 전자파가 가슴을 답답하게 하고, 잉— 하는 전류 흐르는 소리도 익숙지 않다.

나는 삐삐니 핸드폰이니 하는 것들도 휴대할 생각이 전혀 없고, 텔레비전도 가능하면 보지 않으려 한다. 나는 세상에 떠도는 갖가지 정보 자체가 무의미해지는 그런 영역에서, 흙 속에 파묻혀 있는 고구마처럼 살고 싶다.

아마도 언젠가는 거기에 이르게 될 것이다. 보길도는 내가 꿈꾸는 흙이다.

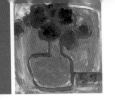

일상의 니힐

12시가 넘도록 침대 속에 파묻힌 채 《니힐리즘》이란 책을 보다가 문득 배가 고파서 일어났다. 냉장고 안에는 무언가 너무 채워져 있어서 언뜻 보기에는 먹을 것이 흘러넘치는 것 같은데, 막상 호일에 싸인 것을 풀어 보면 곰팡이가 핀 닭튀김 조각이거나 돌처럼 굳어진 떡 조각 또는 뭉그러진 과일 조각뿐이었다. 뚜껑이 덮인 그릇을 열어 보기는 더욱 겁이 났다. 그쯤에서 덮어 두지 않으면 난데없이 냉장고 청소를 하게 될 것 같기에. 언젠가 한번 하기는 해야 하지만, 그보다 먼저 허기를 채워야 하지 않겠는가.

냉수 두 잔을 마시고 생각해 보니 참외가 하나나 두 개 정도 남아 있었던 것 같아 구겨져 있는 봉지를 뒤졌다. 과연⋯ 참외 하나를 깎아 반쯤 먹었을 뿐인데 그것만으로 허기를 끌 수 있을 것 같지 않았다. 할 수 없이 지갑을 챙겨 들고 시장으로 갔다. 영양가나 칼로리, 맛보다는 지지고 데치고 끓이지 않고도 즉석에서 먹을 수 있는 것 위주로 몇 가지 집어서 바구니에 담았다.

점원이 주는 영수증에 찍혀 있는 내역은 이러했다. 생냉면 1,600원, 참치통조림 1,000원, 오이 800원, 김 1,900원, 누룽지 5,000원, 토마토 2,000원, 합계 12,300원.

집에 와서 장거리를 풀어헤치는데 갑자기 냉면이 먹고 싶어졌다. 물을 끓여 면발을 삶아 놓고 오이를 채 썰어 놓고 육수를 만들 참이었다. 가루가 들어 있는 봉지를 한 개 뜯고 두 개 뜯고 세 개째 뜯었다. 세 번째 봉지에는 석탄처럼 새카만 가루가 들어 있었다. 신제품이라 첨가물을 더 개발한 것이려니 생각하고 생수를 부어 육수를 만들었다. 식탁에 앉아 먹기 시작했다. 한 젓가락 두 젓가락, 먹으면 먹을수록 점점 맛이 없었다. 겨자를 넣어 보고 식초를, 통깨를 넣어 보았다. 그래도 맛이 나지 않아 짠맛으로라도 먹어 보려고 김치를 얹어 간신히 먹고 있는데 전화벨이 울렸다. 원고 독촉이었다.

한 번씩 일어났다 앉을 때마다 식탁 위엔 점점 더 많은 물건들이 보태어져 늘어 놓여지는 바람에 손에서 놓은 젓가락마저 다시 잡을 때는 한참을 찾아야 할 판이었다. 식초병, 겨자병, 김치통, 통깨단지, 아침에 먹다 남은 참외 접시, 가위와 과도, 인지를 찍는 도장과 인주밥, 계산기, 일주일 전 인터뷰를 하러 왔던 기자와 사진기자의 명함, 이틀 전 찾아왔던 후배가 두고 간 담배와 라이터, 그녀의 조끼, 메모지와 볼펜, 두 달쯤 전부터 거기 놓여 있어 조금씩 줄어들기 시작해서 이제 바닥에만 찰랑찰랑하게 남은 양주 한 병, 김환기의 그림엽서 몇 장, 전화기….

쓰임새가 전혀 다른 물건들이 어우러져 있는 것이 신선하리만큼 기이했다. 전화기 옆의 과도, 계산기와 겨자병, 김치통과 볼펜, 참외와 도장 등 그 정물들의 불협화음이 오히려 기이한 아름다움을 자아내고 있었다.

어영부영 냉면 국수를 모두 건져 먹고 국물을 쭉 들이켰을 때였다. 그릇 밑바닥에 석탄가루처럼 새카만 것이 여전히 남아 있었다. 이상한 일이로고. 이것이 그럼 수프의 일종이 아니었나? 버린 봉지를 찾아보니 그것은 방부제였다. 어찌 됐건 내가 죽은 뒤에도 위장만은 썩지 않고 건재할 판이다. 그건 그렇고, 보다 둔 책을 다시 펼쳐 들었더니 이런 구절이 있었다. "나는 나 이외의 모든 것의 부정이다. 나는 창조적 무이며, 나는 그것으로부터 모든 것을 도출한다. 나에게 있어 나를 넘어서는 것은 아무것도 없다." 그러고 보니, 엉망진창인 나의 일상은 내가 구제불능의 니힐리스트라는 것을 입증하는 셈이다.

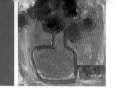

섬광, 그리고 재…

　소설이든 에세이든, 써야 할 원고가 있을 때, 나는 글과 무관한 일을 하면서 시간을 허송한다. 마감이 하루하루 다 가오고 있음에도, 책상 앞에 앉기보다는 앉지 못하는 이유를 자꾸자꾸 만들어 낸다.

　A씨에게 언제 한번 만나자는 운을 떼어 놓았으니 그 약속을 이제는 더 이상 미룰 수가 없다든가, 후배가 보고 나서 추천해 준 영화를 보면 신선한 영감을 얻을 것 같다든가, 머리가 길어서 거추장스러우니 커트를 해야 한다든가… 해서 자꾸 나갈 일만 만들어 낸다.

　그러다 드디어 독촉전화를 한 번쯤 받고 나면, 아침부터 청소와 설거지를 말끔히 한 뒤에, 헐렁하고 편한 그러면서도 스스로 흥분이 되는 그런 옷으로 갈아입고, 머리에 한 방울의 향수도 뿌리고, 음악을 틀어 놓고, 차 한 잔을 가져와 책상 앞에 앉는다.

선율이 가슴을 적시고 다향이 향기롭다. 향기롭다 할 즈음, '아 참 그렇지.' 하고 일어나서 자동응답기를 눌러 놓은 다음에 다시 책상 앞으로 돌아온다.

'이제 시작할까? 아니야, 정신이 좀더 팽팽하게 당겨질 때까지 기다려야 해.'

창밖을 멍하니 내다보고 있는 동안, 시간은 대책 없이 흘러간다.

이때쯤 눈과 의식은 따로 놀기 시작한다. 눈은 베란다에 놓여 있는 관음죽을 바라보기도 하고, 빨랫줄에 걸려 있는 초록색 양말 위에 머물렀다가, 베란다 너머 나목의 가지 끝에 매달려 있는 마른 잎으로 옮겨 간다.

눈이 그렇게 줄이 끊긴 연처럼 창밖에서 부유하는 동안, 의식은 추억의 냄새를 더듬으며 어둠침침한 내면의 곳간 속으로 숨어든다. 육체 또는 현실과 분리된 투명한 의식이 자궁 속에 웅크리고 있는 태아처럼 자기의 내면 깊숙이 가라앉는다.

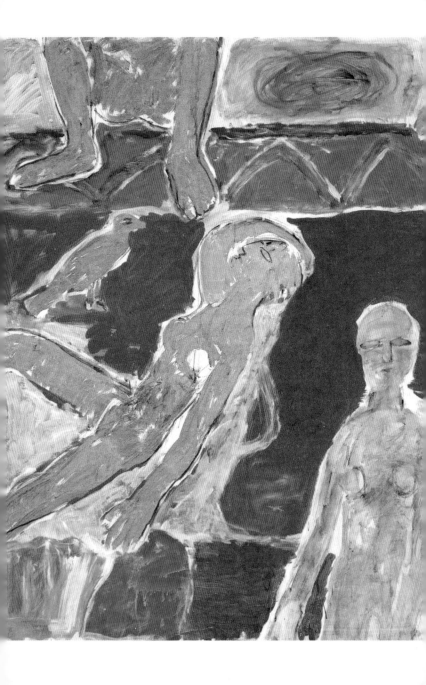

…적막함. 세계와의 그 완벽한 단절은 눈부신 꽃처럼 황홀하다. 꽃의 섬광은 저 내면의 절벽 한 끄트머리에서 터졌지만, 그것은 사실상 공과금을 내려고 은행에서 서성거릴 때, 밀린 빨래, 설거지를 할 때, 미장원에서 머리를 자를 때, A씨를 만나 마냥 그의 넋두리를 듣고 있을 때부터 조금씩 예비되어 온 것이다.

　스스로 완성되고 더 이상 부족할 것이 없는 충만감, 긴장감. 그리고 그것은 차츰 변한다. '자아, 이제 그럼 시작할까?' 하고 일어나서 음악을 끈 뒤에 볼펜을 집어들 때쯤이면 싸늘한 재로 변해 있다.

　드디어 원고지에 첫 빈칸을 메울 말이 잡힌 것이다. 하지만, 언어란 존재의 저 내밀한 자기 연소의 섬광이 남긴 재에 불과하다.

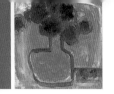

충만한 적막함

파이프를 물고 있는 사람은 시인이다. 그러나 그는 시를 쓰므로써 시인이라고 불려지는 사람과는 무관할지도 모른다. 왜냐하면 그의 시인성(詩人性)은 존재가 드러내는 한 양태를 말하는 것이기 때문이다.

파이프를 물고 있는 남자를 둘러싸고 있는 초록빛은 무섭게 고요하고 적막한 침묵에 가까워진 고독이고, 그 고독은 그를 고치처럼 감싸고 있다.

그에게 있어 고독은 무리로부터 떨어져 나온 불완전한 하나를 의미하지 않는다. 깊고 내밀한 응시, 세계와의 고요한 교감, 삶으로부터 불순한 것들을 끊임없이 증류해 내는 힘,

그것이 고독이다. 그래서 그 하나는 내면으로 깊이깊이 침잠하는 자아이며, 완전함과 절대를 지향하는 의지이다. 또한 그는 높은 차원의 어떤 것으로 변화되고 있는 범속한 '나'이다. 마치 어두운 고치 속에서 눈부신 나비로 변신하고 있는 애벌레처럼.

고치 속의 그가 최후까지 함께 하고 있는 것은 파이프이다. 삶의 어느 지점에서였을까? 그는 열쇠꾸러미를 버리고, 명함이 들어 있는 지갑을 버리고, 목적을 향해 맹목적으로 쫓기고 달리는 사이클링으로부터 비켜나 홀로 자존하는 법을 익히기 시작했다.

파이프는 그를 자기 안으로 안으로 실어 갈 뿐만 아니라, 세계로 멀리, 깊이 실어 가 주기도 한다. 세계는 교감을 통해 그의 안으로 내밀하게 들어온다. 그는 세계를 안고 품고 익히고 섞이며 풍부해지고 충만해진다.

이제 남자의 내면은 하늘과 바다하고 맞닿아 있다. 한 조각 희디흰 구름이 떠 있는 하늘, 몇 마리 물고기가 유영하고 있는 바다.

그런데 구름은 스러져 하늘을 완전히 비우려 하고, 물고기조차도 바다를 비우고 남자의 초록빛 고독 속으로 뛰어든다. 세계가 남자를 중심으로 적막해진다. 너무도 충만한 적

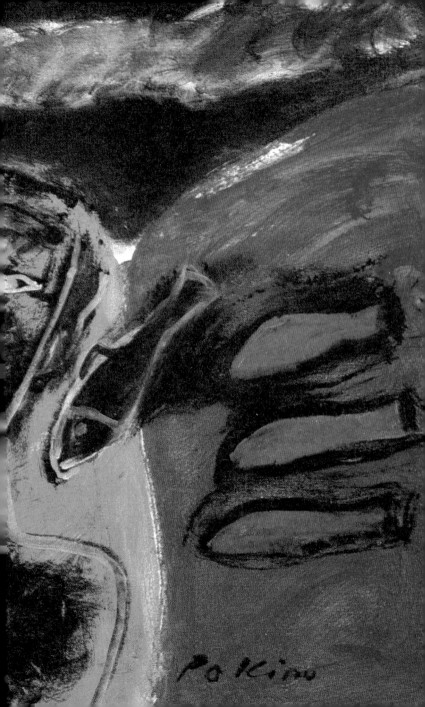

막함….

김보현(미국명 Po Kim) 선생의 화집에서 이 그림을 처음 접했을 때, 나는 막 빈손으로 서초동의 옛집으로 돌아와 있었다. 내가 멍하니 창밖을 내다보는 책상 앞에는 한 그루의 느티나무가 있었다.

나는 그 나무를 '바라보는' 것으로써 나의 삶을 다시 시작했다. '바라보다'를 통해 나는 세상을 다시 만났다. 구름이 흘러가고 새가 노래하고 꽃이 피는 세상을. 그 이전에는 그런 것이 있었어도 마음을 얹어 바라볼 겨를이 없었다.

'바라보다'를 사는 동안 나도 모르게 상처가 아물고 눈이 맑고 깊어졌다. 눈이 보고 느끼는 것으로부터 나는 삶을 다시 시작했다. 꽃이 피어 있는 것을 보면 정말 꽃이 보이고, 새가 날아가는 것을 보면 날아가는 것이 무엇인지 정말로 보였다.

그 눈이 열어 가는 길이 차츰차츰 나를 새로운 세계로 인도했다. 공간은 같으나 차원이 다른 그런 세계.

〈시인〉이란 제목을 가진 김보현 선생의 그림이 내 손에 이르게 된 것은, 화가의 따뜻한 결단 덕분이었지만, 사실은 어떤 내적 필연이 우리를 만나게 해주었다는 생각이다.

향수, 침묵의 말들

그 벽은 붉은 벽돌로 지은 그 집의 뒷면이다. 벽을 휘감고 지붕까지 기어올라 굴뚝까지 뻗어 오른 담쟁이넝쿨이 은연 중 말해 주고 있는 그 집의 나이는 30년 아니면 40년? 그러나 벽이 품고 있는 침묵을 통해 느껴지는 나이는 그보다 훨씬 과거로 거슬러 올라간다. 그 벽은 시간이 그때 그때 떠나가면서 남긴 자취를 밖으로 그리고 안으로 품고 있는 동안, 태초의 침묵으로 이어져 섞여 버린 듯이 보인다.

시간은 떠나가면서 담쟁이넝쿨의 살을 찌우고 잎을 무성하게 퍼뜨리고 그 가녀린 새순이 더욱 멀리 있는 지붕의 기와를 더듬어서 안길 수 있도록 해준다.

또한 시간은 떠나가면서 햇빛이, 비바람이, 천둥번개가 벽돌 하나하나에 틈을 만들고, 붉은 빛을 바래어지게 하고, 작은 모래알들, 흙먼지를 씻어 내리는가 하면 푸르스름한 물이끼를 남겨놓게 한다. 그래서 벽은 시시각각 움직이는 벽화를 연출한다. 겨울잠에서 깨어나 봄을 맞고 있는 요즘, 그 벽은 넝쿨로 그려진 경이로운 벽화와 같다.

벽을 휘감고 지붕을 뒤덮고 굴뚝까지 뻗어 오른 넝쿨은 넝쿨이 아니라 지심이 하늘로 올라가 하늘의 혼령과 섞이려는 그리운 움직임처럼 보인다. 땅의 혼령이 넝쿨로 변해 승천을 꿈꾸고 있다. 그런데 이 벽에는 세 개의 작은 창들이 각각 다른 높이로 뚫려 있고 지붕 밑 다락방에도 창이 하나 있다. 그 창들은 그 안에 사는 사람들의 삶이 벽과 담장에 싸여 은밀하게 감추어져 있는 것을, 밖으로 드러내 보이는 스크린이다.

맨 아래 창의 창틀 위에는 꽃이 그려져 있는 머그잔과 양념단지 두 개가 나란히 놓여 있다. 창의 일부인 듯이 보이는 그 사물들 외에 그 안에 사는 사람들이 창밖으로 얼굴을 드러내 보인 일은 한 번도 없다. 다만 밤이 되면 안으로부터 불빛을 환하게 밝히는 창문 위로 사람들의 그림자가 어른거리다 사라지곤 한다. 때로는 음악 소리가 흘러 나오기도 한다.

밤이 깊어 주위가 한층 고즈넉해질 때, 그 불빛은 스스로 살아 있는 생명인 양 벽 위에 핀 네모난 꽃처럼 보인다. 그 가을 멀리 달에게, 별에게까지도 자신의 향기인 빛을 보내어 사랑을 나누고 있다.

침묵에 싸인 벽의 숨결이 빛을 통해 달의 숨결, 별의 숨결과 섞이는지도 모른다. 창이 불빛을 거두어 들이면 벽도 잠이 드는 것일까? 그렇지 않다. 어둠 속에서도 벽은 쉬지 않고 넝쿨의 꿈을 하늘로 밀어 올리고 있다. 어둠이 벗겨지며 지심의 꿈이 미명 속에 처연하게 드러나고 있는 것을 최초로 와서 보는 것은 이웃집의 처마 밑에 둥지를 튼 비둘기다.

비둘기는 밤사이 한 뼘 이상이나 더 멀리 줄기를 뻗친 넝쿨의 몸부림을 놓치지 않겠다는 듯, 굴뚝 위에 사뿐히 내려앉아 깃털 하나를 떨어뜨리고 제 집으로 도로 날아가 버린다. 한편에선 지붕 위로 가지를 뻗은 목련이 꽃망울을 틔워 붓끝 같은 자태를 드러내고 있다. 그것은 마치 침묵이 벽으로부터 빠져나와 목련꽃 사이에서 유유히 노닐고 있는 것처럼 보인다.

머지않아 넝쿨에서도 잎이 돋아나 벽을 푸르게 휘감을 것이다. 그것은 벽의 침묵이 초록색 옷을 입는 장엄한 의식이 될 것이다.

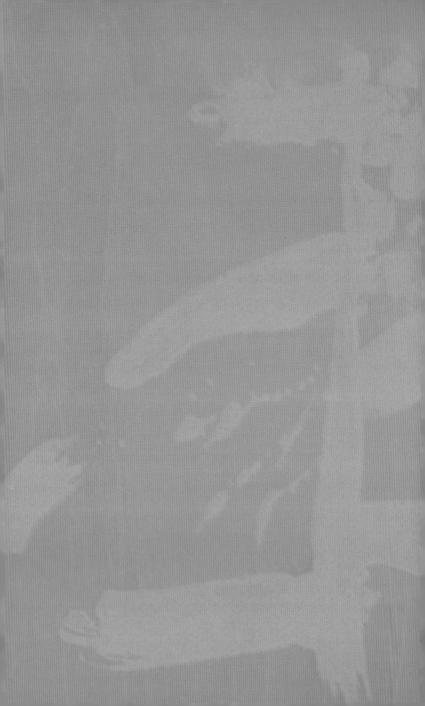

동
경 *Pink*

산당화 이야기

　어느 날 어머니가 친구 분 집의 뜰에서 붉고 환하기가 마치 등을 켜 놓은 것 같은 꽃나무를 보았노라고 얘기하셨다. 우리도 뜰에 그 꽃나무를 심어 봤으면 하는, 어머니의 바람을 마음에 접어 두셨던 아버지는 먼 친척집까지 가서 곁가지 하나를 얻어 와 뜰에 심으셨다. 그것은 산당화(山棠花)였고, 이듬해부터 꽃을 피우기 시작했다. 내가 열여섯 살 때의 일이었다.

　삼 년 뒤 아버지가 돌아가셨고 우리는 서울로 이사를 하게 되었다. 꽃나무를 두고 오면서 어머니는 '어서 집을 마련해서 나무를 옮겨 가야겠다.'고 스스로에게 다짐하셨다. 그러나 그 다짐은 쉽사리 이루어지지 않았다. 생활이 어려워 전셋집을 줄여서 이사를 하게 될 때마다 그 다짐은 더 멀어졌고, 대신 언제 내 집을 마련하게 될까 하는 아득한 소망 한가운데 붉은 꽃만 소롯이 피어나 있었다.

간신히 생활의 기반을 잡고 석관동에 자그마한 집을 한 채 마련하게 된 어머니는, 고향의 옛집부터 찾아가 산당화 한 뿌리를 파 오셨다. 그 사이 큰 나무로 자란 산당화가 꽃 철이면 동네가 환해지도록 많은 꽃을 피운다는 새 집주인의 얘기도 덧붙였다.

강릉에서 서울까지 실려 와 옹색한 마당에 옮겨 심어진 꽃나무는 몸살을 심하게 치르는 듯했다. 이제 산당화는, 어머니가 아버지 앞에서 어리광 섞인 투로 "저 꽃 한번 가져 봤으면" 하던 때의 그 꽃이 아니었다. 남편 앞세운 여인이, 철없는 자식들 데리고 객지에서 고단한 나날을 보낼 때, 그 시린 마음 한복판에서 붉고 환하게 피어나 절망을 떨치게 해주는 꽃 이상의 무엇이었다.

서울이란 객지에 삶의 뿌리를 내리기가 그토록이나 힘겨 웠던 어머니만큼, 꽃나무도 몸살을 심하게 앓았다. 그래도 삼 년째 되는 해엔 두세 송이 꽃을 피우고, 해가 바뀔수록 튼실한 나무로 자라났다.

그 사이 오빠는 출가해서 딸을 낳았고, 동생도 짝을 만나 출가를 했다. 그리고 어머니와 나는 그 집을 팔고 서초동의 다세대 주택으로 이사를 하게 되었다. 산당화는 화분에 옮겨져 새 집의 베란다에 놓이게 되었다. 뿌리를 맘껏 뻗지 못하는데 꽃이 어찌 실할까 보냐 하는 염려로, 어머니가 꽃나무에 쏟는 정성은 각별했다. 그에 보은하듯이 산당화는 화분에서도 꽃을 많이 피웠다.

몇 년 뒤 어머니는 미국으로 이민 간 오빠의 곁으로 떠나시게 되었다. 떠나실 즈음 어머니는 베란다의 산당화를 가리키며, "이제는 네 살림이 되었으니 네가 잘 보살펴라." 하고 당부하셨다.

어머니가 떠나신 뒤, 꽃나무는 어머니가 내 마음에 남긴 빈자리로 들어오게 되었다. 어머니께 편지를 쓸 때면 꽃나무 이야기를 자세히 씀으로써 나는 '그립다'는 말을 감추곤 했다. 함께 살 때 잘 해드리지 못한 후회의 념까지도 꽃 이야기 속에 파묻었다.

마흔 살이 넘어 나는 결혼을 하게 되었고, 내 살림 모두를 끌고 남편의 집으로 옮겨 갔다. 남편의 집에는 이미 이런저런 사연을 지닌 꽃나무와 화분들이 뜰이고 집 안이고 가득 차 있어, 내가 가지고 간 산당화 화분이 간신히 찾게 된 자리는 현관 앞의 발코니였다.

오랜 세월 독신으로 지내며 호젓하고 자유로운 생활에 익숙하던 내게, 결혼생활은 맵디매운 고추를 씹은 맛이었다. 남편은 못 하나도 박지 못하는 생활의 숙맥이었으므로, 나의 생활은 물이 새는 천장을 보러 지붕에 올라가기도 하고 터진 하수구 때문에 물이 차 오른 지하실에서 물을 퍼내는 등, 매우 질펀하고 고단한 나날의 연속이었다. 어머니가 남긴 빈자리도 없었고 그 자리에 대신 들어선 꽃나무도 없었다. 들고나면서 발코니의 산당화 화분 곁을 지나다녀도 꽃나무에 눈길 한번 그윽이 줄 겨를이 없었다.

그러던 중 남편이 뇌졸중으로 쓰러져 의식을 잃었다. 그의 의식은 훌쩍 다른 세계로 넘어가 소통이 끊겼고, 사지를 결박당한 듯 종이 한 장 들지 못하는 캄캄한 몸만 내 앞에 남겨졌다. 뿐만 아니라, 재산 분쟁에 휘말려 나는 살림 모두를 두고 살던 집에서도 나와야 했다. 내 살림과 어머니가 애지중지하다 남기신 꽃나무는 볼모처럼 그 집에 잡혀 있었다.

남편은 오 년 남짓 투병하다가 타계했다. 그는 내게 진정 마음으로 소통하는 법을 가르쳐 주고 떠났다. 나는 남편과 함께 살던 집에서 내 살림을 가져와 서초동 집으로 들어갔다. 그로써 이승에서 함께 한 남편과의 기나긴 인연의 장을 덮었다.

자기 살림을 남의 손에 맡기고, 그 안위가 가장 걱정된 것이 산당화였다. 보살펴 주는 이 없이 겨울에 얼어죽지는 않았을까 늘 걱정이었다. 그러나 꽃나무는 비록 성장을 멈춘 듯 꼭 고만한 크기였으나, 여전히 살아 있었다! 그 꽃은 내 마음에서 어머니 떠난 빈자리뿐만 아니라, 이제는 남편 떠난 빈자리까지 가득 채워 주었다.

그렇게 이 년 남짓 지났을 때 서초동 집을 재건축하게 되어 나는 또 이사를 해야 했다. 아래층에 살던 조각하는 여성과 함께 집을 얻어 아래 위층에 산 지 일 년 남짓, 다시 주인이 집을 비워 달라고 했다.

지금 살고 있는 집은 친구의 집이다. 친구한테 "나는 이곳에서 죽을 테니까 그런 줄 알아라" 하고 못을 박았지만, 한 치 앞의 일을 누가 알겠는가. 이 집으로 이사를 하면서, 화분에 있던 산당화를 마당으로 옮겨 심었다. 이제는 내 인생에도 고즈넉하고 평화로운 기운이 깃들기 시작했음인지, 마당으로 옮겼을 때 잠깐 시들하던 꽃나무는 이내 생기를 찾고, 봄을 놓칠 수 없다는 듯 꽃을 피웠다.

지난 여름 87세 되신 나의 어머니가 미국에서 나오셨다. 어머니는 뜰 한켠에 심어져 있는 꽃나무를 알아보지 못했다. "그게 바로 그 나무"라는 나의 설명에 어머니의 마른 눈가에 이슬이 맺혔다.

미당(未堂)의 저 유명한 시구처럼 어머니도 나도 '이제는 돌아와 거울 앞에 선 누님'처럼 맵고 모진 세월을 뒤로 한 나이가 되었다. 그것은 꽃나무에게도 마찬가지였다.

언젠가 나도 누군가에게 꽃나무를 부탁해야 할 날이 올 것이다. 그의 마음에 내가 남긴 빈자리가 가장 클 듯싶은 사람에게 꽃나무를 남기고 싶다.

패랭이꽃

파랑새 뒤쫓다가 / 들 끝까지 갔었네 / 흙냄새 나무 빛
깔 / 모두 낯선 타관인데 / 패랭이꽃 / 무더기져 피어 있
었네

1967년에 김동리를 만났다. 내 나이 스물네 살 때였다. 그
분은 나더러 패랭이꽃 같다고 말했다. 나는 그때 그 말씀이
단순히 나의 어떤 이미지에서 오는 비유인 줄로만 알고 좀
떨떠름했다. '백합이나 장미 같은 꽃도 있는데, 왜 하필 패
랭이꽃이람.' 했던 것이 내 속맘이었다.

내가 처음 접한 그분의 시는 〈연(蓮)〉이었다. 이 시는 〈송추에서〉라는 소설에서 처음 선보였다. 교수인 작중인물 '나'가 사랑하는 감정으로 은밀히 만나 온 제자 '지희'의 약혼 소식을 접하고, 그 인연의 빗겨 감을 그냥 바라볼 수밖에 없는 슬픔을 시로 적은 것이었다.

평론을 하시는 어느 분의 글에는 이 소설 속의 인물 '지희'는 실제 인물 아무개라는 내용이 있었다. 그러나 나는 이 소설이 《현대문학》에 발표된 후, 일 년쯤 뒤에 그분을 만났다.

독자로서 그 시를 처음 접했을 때, 나의 유추 역시 평론가 A씨와 다르지 않았다. 시 속의 '그대'는 물론 제자 '지희'를 의미하고, 제자 지희는 작가가 가슴속에 깊숙이 감춰 두고 있는 실제 인물을 모델로 했을 것이라는 추측이었다.

그 시는 누가 보더라도 그렇게 읽힐 수 있었다.

나무 그늘 얼룩진

가파른 길 위로

그대는 올라오고

나는 내려가고 있네

이승 저승 어느 승에고

내 밭 갈고 살제
밀 씨 보리 씨
뿌리는 대로
총총한 별

그대 내 밭에
밀 씨를 뿌리면
내 그대 밭에
별을 흩고

아아, 그대와 나는
누군고

이제 여기서
그대 나를 찾으면
내사 차라리 외로운
연꽃일세

나무 그늘 얼룩진
가파른 길 위로

그대는 내려오고

나는 올라가고 있네

그분을 만난 뒤, 이 시 속의 '그대'의 정체가 점점 내 신경
을 쓰이게 했다. 어느 날 나는 그분의 속맘을 떠보았다.

"실제 인물이라니? 그런 거 아니다."

그분은 나의 궁금증을 한마디로 일축했다. 나는 더 이상
캐묻지 않았으나 '그대'의 정체에 대한 의문이 속 시원히 풀
린 것은 아니었다.

어느 가을날 우리는 교외선을 타고 가다 송추에서 내렸
다. 그때는 이미 너무 오래 사귄 터여서 '그대'의 정체에 대
한 나의 궁금증은 두터운 믿음으로 바뀌어 있었다. 그 나들
이가 작품 〈송추에서〉의 무대를 그대로 재현하고 있다는 것
도 미처 느끼지 못했다.

계곡을 끼고 골짜기 깊숙이 들어갔을 즈음, 그분이 걸음
을 멈추고 어느 한 방향을 골똘히 바라보았다. 그곳, 산기슭
에는 두세 그루의 상수리 나무가 띄엄띄엄 흩어져 있을 뿐,
사초가 온통 산기슭을 뒤덮고 있었다. 가을날의 맑은 햇빛
이 바람에 살랑거리는 풀들의 군무(群舞)를 신비롭게 비추
고는 있지만, 그것이 그렇게 빠져들 만큼 세상에 다시없는

풍경으로 보이지는 않았다.

그러나 그분은 그 광경을 소설 속에서 이렇게 묘사했다.

…그 너울너울한 줄기와, 좁고 도타운 잎새와, 그 푸르고 희고 신비한 꽃과, 그 아련한 향기와, 이러한 풀들을 우선 난초라고밖에 무어라고 부르겠는가. …그것들이 새빨갛게, 불그스름하게, 샛노랗게, 누르스름하게, 푸르스름하게, 검푸르게 엉겨 있고, 그 밑동엔 갈대를 곁들인 칡과 맹감이 휘감겨 있었다. …나는 산기슭을 향해 멍하니 서 있었다. 그 풀들을 어떻게 해야 좋을지 몰랐던 것이다. …이보다 더 엄청난 세계가 나에게 있을 수 있단 말인가. 이것을 두고 돌아서도 좋을 만큼 아름답고 귀하고 값있는 일이 나에게 있을 수 있단 말인가.

이윽고 그분은 걸음을 옮겨 계곡 건너 산기슭으로 향했다. 몇 발짝 뒤에서 그분을 뒤따르고 있던 나는 어느 결에 걸음을 멈추고 우뚝 그 자리에 섰다. 갑자기 가슴이 미어지도록 슬픔이 북받쳤다. 내 안에서 솟구친 감정임에도 영문을 알 수 없는 채로 나는 우두커니 서 있었다. 저만치 가고 있는 그분의 뒷모습이 풀에 파묻혀 보이다 말다 했다.

한참 뒤에 내 곁으로 돌아온 그분이 혼잣말로 중얼거렸다. "나는 이런 풀들이 왜 이렇게 아름답고 좋은지 몰라."

　그때 나는 문득 내 슬픔의 이유를 깨달을 수 있었다. 그분과 내가 바라보는 풍경은 같았지만, 안쪽의 마음 상태는 병풍의 이쪽 면과 저쪽 면만큼이나 달랐다. 다른 정도가 아니라, 그분의 시가 말하듯 고개를 두고 "그대는 올라오고" "나는 내려가고 있네"처럼, 윤회의 한 육탈(肉脫)의 차이가 있었다.

　그러니까 걸음을 멈추고 계곡 건너 산기슭을 바라볼 때, 그분의 의식의 한 자락은 저승으로 훌쩍 건너가 버렸던 것이다. 그래서 "이런 풀들이 왜 이렇게 아름답고 좋은지 몰라." 했던 것은 저승 쪽에서 바라본 이승의 풍경이요, 느낌이었던 것이다.

　그러므로 시 〈연(蓮)〉에서의 '그대'는, '지희'라는 인물을 지칭한다기보다 주인공 '나' 안에서 저승에 걸쳐져 있는 의식, '나'의 전생이었던 것이다.

　송추 나들이에서처럼 이상한 순간은 그 뒤에도 여러 차례 있었다. 결혼을 한 뒤, 나는 그분이 살고 있는 집으로 들어가 살림을 합치게 되었다. 시 〈패랭이꽃〉이 내 생활 깊숙이 스며들게 된 것은 그때부터였다.

안방의 출입문 위엔 나무에 판각된 그분의 시 〈패랭이꽃〉
이 걸려 있었다. 나는 그 시 밑을 하루에도 수십 차례 드나
들었다.

  그분이 나를 패랭이꽃에 비유한 이유를 그 시가 말해 주
었다. 세 분절로 된 이 시의 한 분절 한 분절 사이에는 넋이
몸을 벗는 것과 같은 의식의 탈각이 감춰져 있다. 들도, 흙
냄새 나무 빛깔도, 패랭이꽃도, 모두 이승이란 같은 공간에
있지만, 너울을 벗고 있는, 그래서 아주 벗어 버린 상태에서
바라본 패랭이꽃은 저승 쪽에서 바라본 이승의 꽃이다. 그
꽃은 손을 뻗어서 만질래야 만질 수 없고, 꺾을래야 꺾을 수
도 없기에 영원히 저만치 있을 수밖에 없다.

  시 〈패랭이꽃〉은 앞에 있어도, 빗겨 가도, 어찌하랴 할 수
밖에 없는 사랑, 아름다움인 내 안의 내생의 꽃이기도 하다.

중년의 외출

그날 우리가 만난 것은 무슨 특별한 용건이 있어서가 아니었다. 밤사이 석 짐이나 늘어난 듯한 생에 대한 고달픔을 전화로 넋두리하던 끝에, "이럴 것이 아니라 차나 한 잔 하자."는 데 동의했던 것이다.

소설 쓰는 K는 부드러운 질감의 코발트색 긴 겉옷 차림에 높은 샌들을 신었고, 시 쓰는 M은 언뜻 보면 수수하나 지극히 세련된 검은 상하의에, 흑백 콤비네이션 목걸이, 귀고리, 팔찌 그리고 양손에도 각각 두 개씩의 반지를 끼고 있었다.

옷차림이나 몸치장에 무신경한 나조차도 그날은 액세서리를 모아 둔 서랍을 한껏 열어 놓고, 딴에는 귀고리, 목걸이, 팔찌 따위를 이것저것 고르는 데 적잖은 신경을 썼다.

약속장소는 동숭동의 어느 찻집이었다. 세 사람이 얼굴을 마주했을 때였다.

"너넨 지금 어디 꽁꽁 숨겨 둔 연인을 만나러 나온 것 같다?"

나의 말에 두 사람은 폭소를 터뜨렸다. 그 웃음은 부정보다는 시인에 가까웠다. 그 이야기를 좀더 길게 화제 삼고 싶어서, 내가 M을 가리키며 말을 이었다.

"며칠 전 한밤중에 전화가 왔어. 자다가 깨어서 불을 켜보니 11시 40분이었어."

— 나야.

M의 목소리였다.

— 응?

— 여기 술집이야.

— 음, 그래.

아직 덜 깬 잠을 쫓으며 내가 대답했다.

— 내가 왜 전화했는지 알지?

— 응.

그뿐이었다. M은 전화를 끊었다. 황당했다. 그러나 알 것 같았다. M은 아마도 그날 밤 예의를 갖춰야 하는 손님들과 술자리를 같이 하고 있었을 것이다. 술을 한두 잔 마시는 동안, 함께 한 사람들과는 무관하게 가슴속에서 어떤 감정이 아릿하게 차 올랐을 것이다. 누군가를 뜨겁게 보고 싶고 그리운 감정. 자신이 붙잡혀 있는 현실을 모두 내동댕이치고 달려갈 수 있는 사람. 그러나 누군지 딱히 얼굴이 떠오르지 않는다. 아니, 얼굴은 옛 그대로인데, 우리의 마음이 그냥 누군가를 그리워하기에는 지치고 상처 받아 이기적이 되어 버렸다고 할까.

"그래서 엉뚱하게 나한테 전화한 기분이 어땠어?"

사실은 나 자신의 문제이기도 한데, 일부러 M의 약을 올려 보았다.

"나이 든다는 것이 무섭고 쓸쓸해."

우리 셋은 숙연한 기분으로 식어 빠진 커피를 말없이 마셨다.

"하지만 그리움이 오래 살아 있으면 나이를 뛰어넘을 수 있지 않을까?"

K가 스스로 부추기듯 반짝 눈을 빛냈다.

"우리 액세서리 하나씩 사지 않을래?"

K가 제의했다. 그 제의는 우울하고 맥빠진 우리의 기분을 까닭 없이 즐겁게 해주었다. 우리는 인사동의 수공예 액세

서리 상점으로 갔다.

네댓 개의 진열장을 꼼꼼히 들여다본 끝에, K는 인도풍의 귀고리를, M은 특이한 디자인의 은반지를, 나는 마노 팔찌를 각각 샀다. 우리는 그 자리에서 새 액세서리를 바꾸었다.

단지 액세서리 하나를 새로 사서 몸에 달고 지녔을 뿐인데, 우리 셋은 자신들을 향해 열렬히 구애하는 누군가가 있기라도 한 듯, 집도 가족도 일도 다 팽개치고 달려가는 바람난 여자들처럼 인사동 거리 한복판을 으쓱한 기분으로 걸어갔다.

점심시간

열한 명의 남자들.

그들은 지금 막 하던 일을 중단하고 점심을 먹으려 하고 있다. 거기엔 식탁도 의자도 없고, 시중을 들어 주는 종업원도 없다. 그들이 어깨와 어깨를 맞대고 일렬로 앉아 있는 곳은 빌딩을 짓기 위해 설치해 놓은 철빔 중의 하나이다.

그 철빔은 아주 높은 공중에 걸려 있다. 그 고공이 지상으로부터 얼마나 높고 먼 곳인지는 발 아래로 까마득하게 굽어 보이는 도시의 다른 빌딩들이 말해 주고 있다.

바라보는 사람은 오금이 저리고 현기증이 날 만큼 아슬아슬하다. 그럼에도 그들은 두려워하는 기색이 전혀 없다. 단한 사람도. 마치 자기 집 거실의 소파에 앉아 있는 것처럼 편안하고 느긋해 보인다.

왼쪽의 첫 번째 남자는 뚜껑을 열어젖힌 종이도시락을 무릎 위에 놓은 채 담배부터 먼저 피울 참이다. 그의 담배에 불을 붙여 주고 있는 사람은 두 번째 남자이다.

두 번째 남자는 왼손으로 불을 붙여 주며 오른손으로는 자신의 왼쪽 바짓가랑이를 살짝 잡고 있다. 얼핏 보기에 아주 편안해 보이는 그의 자세를 안으로부터 균형 잡아 주는 것은 무릎 위에 가로 놓인 오른팔이다. 신체의 다른 부위는 모두 편안하고 느슨하게 이완되어 있어도, 척추와 오른팔은 엄청난 힘이 실려 전신을 지탱하고 있을 것이다. 담뱃불을 주고 받는 두 사람의 얼굴은 가까이 맞닿아 있다. 작은 담배 하나가 두 사람의 얼굴을 가까이 당겨 주고 있지만, 그 담배로 인해 드러나는 서로에 대한 친밀감, 그것은 땀과 고된 노동 속에서 다져진 견고한 동료애이다.

세 번째 남자. 펠트 모자를 쓰고 체격이 사뭇 당당한 그는 팔목까지 오는 투박한 작업용 장갑을 그대로 끼고 있다. 상체를 약간 뒤로 젖힌 자세로 네 번째 남자가 펼쳐 보이는 도시락을 슬그머니 내려다보는 그의 표정은 대단히 점잖다. "어때요? 하나 들어 보시겠어요?" 하는 듯이 세 번째 남자를 바라보는 네 번째 남자 역시 표정이 근엄하고 점잖다. 두 사람 사이엔 말을 앞세우지 않은 깊은 이해심, 신뢰감이 감돌고 있다.

다섯 번째 남자, 여섯 번째 남자, 일곱 번째 남자는 가운데 앉아 있는 여섯 번째 남자가 뚜껑을 막 열어 보이는 도시락에 시선이 집중되어 있다. 도시락을 바라보는 세 남자의 표정은 서로 각기 다르다. 다섯 번째 남자는 "야, 그것 참 맛있겠다." 하는 표정인데, 여섯 번째 남자는 입귀에 담배를 물고 시선은 도시락에 두고 있으면서도 마음은 다른 것을 생각하고 있다. 그의 표정이 각별히 흐뭇해질 수밖에 없는 깊고 내밀한 어떤 것을.

웃통을 벗고 있는 일곱 번째 남자. 그는 자기의 샌드위치를 먹으려다 말고 옆사람의 도시락을 슬쩍 넘겨다보고 있다.

여덟 번째 남자는 모자를 뒤통수까지 넘기고 조금은 수줍어하며 아홉 번째 남자가 펼쳐놓고 있는 도시락을 들여다보고 있다. 아홉 번째 남자는 "사양할 거 없어. 어서 먹어." 하는 듯이 그를 바라본다.

열 번째 남자는 자신의 도시락을 펼쳐놓고도 옆사람의 도시락을 넘겨다보고 있다. 더 맛있는 것이 있어서일까.

열한 번째 남자. 그의 손엔 도시락 대신 술병이 들려 있다. 술병이 거의 비어 있음에도 그는 정신이 말짱해 보인다.

이것은 1932년 뉴욕에서 찍은 〈점심시간〉이란 제목의 사진 풍경이다. 고공에 걸려 있는 좁은 철빔에 위태롭게 걸터 듬고 앉아서도 누구 하나 두려워하는 기색 없이 느긋하게 점심시간을 즐기고 있는 남자들. 그들의 점심시간은 고공에서의 위태로운 작업 중에 얻어진 만큼 더없이 달고 값지게 느껴진다. 어쩌면 차라리 경이로운 마법의 한 경지 같다. 남자, 남자다움만이 빚어낼 수 있는. 매일매일 벅찬 삶 앞에서의 두려움을 이기고 획득된 남자다움. 그것은 마침내 까마득한 허공까지 도시락을 밀어 올릴 수 있었던 것이다.

도시락, 그것은 더 이상 일상의 한 부분이 아니다.

사막, 길, 덧없음
— 암만에서 바그다드, 사마라, 하트라까지

　몇 채 안 되는 집들을 뒤로하자, 이내 광활한 황무지와 하얀 하늘에서 이글거리는 태양, 그리고 외길이 나타났다. 그뿐이었다! 한눈에 드러난 수천 킬로의 지구의 반경. 이곳에서 인간의 종적 하나쯤은 티끌과도 같았다. 오, 무슨 미친 짓이람. 그냥 바라보던 때보다 지금 이 사막의 광활함은 훨씬 무시무시했다.

　"만약 우리가 그냥 지나치면 네 친구는 이 사막에서 실종되겠다."

　그 말은 나를 한층 불안하게 했다.

위의 인용은 장편 《꿈길에서 꿈길로》에서, 주인공 한진옥이 동행인 '나'가 오아시스 마을의 화장실에 간 사이에, 차를 버리고 사라진 사막, 그리고 외길이 묘사된 부분이다.

이 사막 또는 외길은 암만에서 바그다드로 이어지는 육로, 자동차로 꼬박 달린다 해도 16시간 이상 걸리는 황량한 황무지이다. 나는 이 길을 통해, 1993년, 94년 연이어 두 번이나 바그다드에 갔었다.

그것은 1993년 5월 어느 날, 한국 주재 이라크 대사인 가잘 씨와 저녁식사를 함께 하는 자리에서였다.

"9월 하순경에 바그다드에서 바빌론 축제가 열리는데 가보지 않겠습니까?"

가잘 씨의 제의에 나는 기다렸다는 듯이 승낙했다. 그 무렵 나는 마음의 비탄이 너무도 깊고, 나날의 신고가 너무나 힘들어서, 무엇엔가 자기를 부서져라 던져서 죽고 싶은 참이었다.

때문에 그 여행은 바빌론 축제에 참석하기 위한 것이라기보다 막막한 길 위에 자기를 부서져라 던져 보고픈 염세적 바람이 얹혀 있는 그런 것이었다.

지금도 그렇지만 이라크의 국내 사정은 아주 흉흉했다. 걸프전 이후 유엔으로부터 금수제재를 당하며 극심한 생필

품난에 허덕이고 있었으며, 비행금지 협정에 묶여 모든 항로가 폐쇄되어 있었고, 여전히 전운이 가시지 않아 국경의 경비는 삼엄했다. 그러나 나는 그러한 사정을 알면서도 주저하지 않았다. 여로의 곳곳에 감춰져 있는 위험, 그 속으로 몸을 던져 어쩌면 아주 안 돌아오고 싶었는지도 모른다.

그리고 실제로 나는, 가도가도 끝이 없는 그 여로가 지닌 무자비한 황량함 속에 가뭇없이 삼켜졌다가 되돌아온 것이었다. 천지간에 자기 자신이 얼마나 작고 보잘것없는 존재인가를 깨닫고 보니, 비탄도 슬픔도 괴로움도 나의 미망에 지나지 않았다.

그때였다. 관리가 손가락으로 앞쪽을 가리켰다.

"저기, 그녀가 가고 있어요."

하지만 나는 믿기지 않았다. 지평선까지 가물가물 이어져 곧게 뻗은 한줄기 외길 위에, 마치 돛단배처럼 보이는 화물차 한 대가 반대 방향에서 달려오고 있을 뿐이었다. 그런데 자세히 보니, 푸른색 점 하나가 길 위에 찍혀 있었다. 저것이 과연 그녀일까?

그때 내 마음을 스친 전율은 그 푸른 점이 그녀가 아닐지도 모른다는 두려움이 아니었다. 어째서 인간은 저토록 작고 또 작을 수밖에 없는 것일까.

그 덧없음, 보잘것없음을 나는 **보았다.** 내가 본 그것이 나를 쳤다. 나의 내부에서 쩡 하는 폭음이 터졌다.

그 폭음은 인간이 이룩한 왕국, 인간이 쌓아 올린 탑이 티끌로 되돌아가는 소리였다. 기실 그 땅에서는 유프라테스 강과 티그리스 강을 끼고 인류의 문명이 시작된 이래, 수백 수천의 왕국들이 지상에서 영화를 누리다 역사에서 사라졌고, 그 왕국의 흥망성쇠와 운명을 같이 하며 인간의 염원을 담고 세워진 신전과 탑들 또한 수없이 많았다.

대표적인 왕국이 바빌로니아와 앗시리아 제국이며, 특히 네부카드네자르 시대에 세워진 바빌론 성과 바벨탑, 이시타르 신전, 세미라미스 왕의 공중정원은 인류의 전설적 번영을 보여 주었다.

성서에서 다니엘이 '왕중왕', '황금의 두목'이라고 부른 네부카드네자르 왕은 바빌론 성을 축조하며 이렇게 기록했다.

"나는 동쪽 바빌론에 거대한 성벽을 쌓았다. 또한 호를 구축했고, 호와 성벽 사이의 경사면을 아스팔트와 벽돌로 조성했고, 그 물가를 따라 거대한 성벽을 산처럼 높이 구축하고 넓은 문을 만들어 구리옷을 입힌 삼나무 문짝을 끼워 놓았다. 또 적이 사방으로부터 공격할 수 없도록 바다의 큰 물결과 같은 거센 물줄기로 이 땅을 둘러싸게 하여 바빌론 시를 요새화했다."

또한 그리스의 여행가 헤로도토스는 이 성벽을 보고 "네 필의 말이 끄는 마차가 양쪽에서 달려와도 염려될 게 없는 이중으로 된 벽"이라고 기록했다.

바그다드에서 150킬로 정도 떨어진 곳에 있는 바빌론 성의 유적지엔 이라크 정부가 조악하게 재현해 놓은 성벽의 일부만 있을 뿐, 옛 왕국의 영화는 풀 한 포기 자라지 않는 폐허로 변해 흔적조차 찾을 수 없었다. 특히 바벨탑이 있던 자리라고, 가이드가 손가락으로 가리켜 보이는 곳엔 커다란 웅덩이 하나가 패어 있을 뿐이었다.

그곳이 바벨탑이 있었던 자리든 아니든, 그것이 이미 무슨 문제가 되겠는가.

머큐리 역시 지옥의 뱃사공 카론에게 말했다. "이보게 사공 어른, 니네베는 그토록 흔적조차 남기지 않고 파괴되었으니, 어느 누가 그 서 있던 곳을 알겠소?"

무자비한 햇빛 아래 하얗게 타고 있는 바빌론의 폐허에 서면, 그 적멸의 정적 깊숙한 곳으로부터 솟구쳐 올라와, 지상의 모든 왕국들을 향해 준엄하게 던지는 영원한 물음을 접하게 된다.

어느 누가 그 서 있던 곳을 알겠소?

하지만 그 덧없음은 실로 눈부시도록 아름답지 않은가.

나의 비탄은 삶의 허망함에서 비롯되었지만, 그 비탄을 계시의 눈으로 바꾸어 준 것도 역시 그 덧없음이었다.

지금도 우리가 사는 지구의 한쪽 모퉁이에서는 영원한 계시를 담은 햇빛과 바람과 시간이 폐허의 적멸을 노래하고 있을 것이다.

꿈, 그러나 꿈이 아닌

　스페인의 그라나다에 있는 알함브라 성채에는 훼네랄리 훼라는 왕의 여름별장이 있다. '태양의 언덕'으로 불리는 곳에 위치한 그 별장은 13세기 중엽에 지어진 것으로, 자연의 입지를 잘 살린 아랍식 정원이 경탄할 만하다.

　삼 미터 정도 되는 아치 모양의 도금양나무들에 둘러싸인 장방형 못과 분수의 여러 변형이 언덕의 경사를 따라 첩첩이 포개져 있어, 한번 발길을 들여놓으면 그 아름다움의 향연에 홀려 바깥 세상은 완전히 잊게 된다.

　꽃과 향기와 눈부신 햇빛, 분수에서 솟아올라 못 속으로 떨어지는 물줄기의 노래, 바람에 살랑거리는 나뭇잎들의 행복한 한숨, 나이팅게일의 영롱한 울음소리, 못 속에 사로잡혀 꿈을 꾸는 구름과 수련….

정원에서 정원으로 발길을 옮기다 보면, 방금 저곳에서 이곳으로 옮겨 왔는데도 그곳에 여전히 남아 장미꽃 앞에 서 있는 자신이 보이는 것 같다. 나중에는 머물렀던 자리마다 그 환영이 불어나서, 가다가 돌아다보면 여기저기서 황급히 나무들 뒤로 숨는 환영이 보인다.

어린시절 소풍 가기 전날, 제멋대로 아름다운 절경을 상상해 보다 '잠이 들면, 이상한 꿈을 꾸곤 했다. 어머나 저기 검은 나비가 날아가네' 하고 보면 꽃 앞에 이미 자기가 서 있고, '무슨 새 소리가 들리네' 하고 보면 이미 어느 숲 속에 자기가 서 있는… 그런 꿈이 실제로 일어난 것이다.

어찌어찌 하다보니 네모반듯하게 잘 다듬은 나무들이 길 양쪽으로 열주(列柱)처럼 늘어서 있는 소로로 들어와 있다. 일부러 찾은 것도 아닌데 길이 나를 인도한 것 같다. 그 길은 뒤에서 나갈 문을 막은 채로, 오로지 길이 이끄는 어느 적막하고 고즈넉한 방향 쪽으로만 가도록 되어 있는 것 같다. '명상의 길' 이란 이름이 붙여진 것도 그 때문일 것이다.

문득 하늘을 올려다본 순간 저절로 입에서 탄성이 새어나온다. 녹색의 벽 사이로 흐르는 시리도록 맑은 물길을 내가 위에서 아래로 내려다보고 있는 것 같다.

하늘에 떠서 흐르기를 200미터 남짓. 그리고 이번엔 5층 높이쯤 되는 시프레나무들이 양쪽으로 늘어선 또 다른 길이 기다리고 있다.

졸졸 흐르는 실개울이 청정한 길 음악을 들려준다. 숲의 싱그런 녹향에 가슴을 벌름거리다 보니, 공기 중에 희고 반짝이는 눈송이 같은 것이 무수히 춤을 추고 있다. 푸른 나무들 사이로 깊숙이 떨어져 내리는 햇빛에 반짝이며 편편히 공중에서 춤을 추는 눈송이, 그것은 버드나무 솜꽃이다. 꼭 꿈속의 일만 같다.

어느새 나 자신도 높이 들어올려져 그 솜꽃의 하나인 듯이 공중에서 너울너울 춤을 추고 있는 것 같다. 이것이 진정 꿈이 아니고 실제인가 싶어, 솜꽃을 손에 받아 책갈피에 끼워 두면서….

어느 때부터인가 솜꽃의 소리 없는 아우성이 그치고 말갛게 씻은 듯한 정적이 주위에 감돈다. 그 정적의 투명함 저 끝에 홀로 가만히 서 있는데, 바로 그때이다. 나뭇가지 뒤에 숨듯이 서 있는 백마 한 필이 이쪽을 조용히 바라보고 있다.

내가 만난 그 백마는 꿈과 꿈이 아닌 세계의 경계에 서 있는 바로 나 자신의 환영이었는지 모른다.

믿

음

Yellow

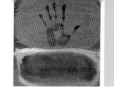

쌀독 이야기

　어렸을 때 일이었다. 골목 밖에서 어른들의 왁자지껄한 소리가 들려왔고, 아버지는 돌쩌귀가 찢어질 듯 대문을 열어젖혔다. 대문 앞에 멈춰선 석 대의 손수레에는 볏섬과 쌀가마니들이 가득 실려 있었다.

　우리의 논을 빌려 농사를 짓고 있는 집에서 차지료(借地料)를 가져오는 날이었다.

　장정들이 쌀가마니를 하나씩 등에 지고 우리 집 곳간으로 나르기 시작하자 조용하던 집 안에 활기가 넘치고 흥분이 감돌았다. 개가 낯선 사람들을 보고 짖어댔고, 아버지는 공책을 들고 왔다 갔다 하며 일꾼들에게 지시를 내렸다.

얼마 후 수레들이 떠나고 대문이 닫힌 뒤에도 아버지와 어머니는 부산스럽게 움직였다.

곳간에는 뒤주로 쓰는 큰 독이 있었다. 부모님은 가마니를 헤쳐 그 속의 쌀을 독으로 옮겼다. 독 안은 한없이 깊은 듯, 처음엔 아버지가 바가지로 쌀을 퍼담다 잠시 허리를 펴면, 어머니가 바가지를 받아 일을 계속했다. 독 옆에는 빈 가마니가 하나 둘 쌓였다. 동생과 나는 하는 일 없이 부모님 주변을 맴돌다가 빈 가마니가 던져지면 그 위에 올라가 깡충깡충 뛰었다.

마침내 독에 쌀이 가득 채워지고, 두 분은 흐뭇한 표정으로 옷에 묻은 검불을 털었다. 동생이 얼른 엄마의 치마꼬리를 잡고 참았던 질문을 했다. "엄마, 우리 부자지?"

실제로 그 독에 가득 채워진 쌀값이 아버지의 월급보다 더 많은지는 알 수 없었다. 그러나 쌀독에 쌀이 가득 채워짐으로써 어린 우리가 생각하는 좁은 세상은 근심 걱정이 모두 사라졌다. 밥상엔 늘 기름이 잘잘 도는 하얀 쌀밥이 올라왔고, 도시락도 하얀 쌀밥이었다. 부모님이 출타 중일 때 지나가는 엿장수에게 쌀을 한 양재기 퍼 주면 맛있는 호박엿을 많이 주었고, 새 운동화를 사 달라고 졸라대는 동생의 손을 잡고 신발가게로 갈 때도 어머니의 다른 손엔 쌀독에서 퍼담은 쌀보자기가 들려 있었다. 독에 쌀이 가득 차 있는 한 만사가 형통했다.

초등학교 2학년 되던 해 6·25 동란이 터져 피란을 가게 되었을 때, 어머니는 밤새워 미싱을 돌려 식구 수대로 륙색을 만들었고, 그 륙색에 쌀을 퍼담았다. 남은 쌀독에는 어머니가 아끼던 유리그릇들과 브라더미싱, 금강산 유람 때 사온 기념품 등 귀중품인데 가져갈 수 없는 것들을 같이 넣고, 곳간의 땅을 파고 묻었다.

피란지에서 돈과 쌀이 떨어져 굶게 되었을 때 허기를 참을 수 있게 해준 것은 땅 속에 파묻어 놓은 쌀독이었다. 전세가 바뀌어 피란길에서 돌아온 우리는 텅 비어 있는 쌀독을 보고 망연자실했다. 오는 길에 시체를 보았을 때보다 그 빈 쌀독이 우리에게 더 큰 절망을 안겨 주었다. 그것은 단순히 하나의 그릇이 비어 있다는 것 이상의 공포와 상실감을 안겨 주었다.

몇 년 뒤 부모님은 서울의 대학으로 진학한 오빠의 학비 때문에 논을 팔았다. 추수 때가 되어도 채울 쌀이 없어 그 독은 비어 있었다. 어느 일요일이었다. 친구들과 모여서 밥을 해먹기로 하고 각자가 집에서 쌀을 가져오기로 했다. 여느 때처럼 무심히 곳간으로 가서 쌀독을 열어 본 순간, 독

안 가득 똬리를 틀고 있던 어둠이 스르르 풀리며 눅눅하고 싸늘한 냉기가 불길한 냄새처럼 얼굴에 훅 끼쳐 왔다. 나는 너무도 낙담하여 그 자리에 털썩 주저앉았다. 그후 오래도록 우리 식구의 마음속엔 비어 있는 쌀독이 그대로 옮겨져 지워지지 않았다.

세월이 지나 아버지가 돌아가시고 우리는 서울로 이사했다. 도시 생활자들은 아무리 부자여도 집 안에 큰 독을 두고 쌀을 저장하지 않았다. 저장되어 있는 쌀이 많다는 것은 그들에겐 결코 풍요로움의 상징이 되지 못했다. 양식단으로 변해 가는 그들의 식탁 위에서 밥은 더 이상 없어서는 안 될 주식의 자리에 있지 않았다.

그들이 새로 나온 한 말들이 쌀통을 자랑스럽게 구입하는 것은, 도시 생활자에게 맞도록 고안된 그 쌀통의 구조가 지닌 편리함 때문이었다. 객식구도 없고 누룽지도 먹지 않기 때문에 식구 수에 꼭 맞게 밥을 해야 했다. 쌀통에서 정해 주는 양에 맞추어 그들의 밥그릇 크기가 맞추어졌다.

도시 생활자들은 물화된 풍요보다 가치 추구적 풍요를 더 선호했다. 그들에겐 시간이 돈이었고, 기능성, 합리성, 세련됨에다 아낌없이 돈을 투자했다. 시골에 사는 부모님이 추수한 쌀을 한 가마니 보내 주려고 해도, 쌀통에 넣을 수 없고, 보관할 곳이 마땅찮다는 이유로 거절했다.

열아홉 살 때 고향을 떠나, 지금까지 나는 서울에서만 살고 있다. 나의 삶의 외피는 도시 생활자의 그것이다. 그러나 내 안엔 어린 시절 고향집에 있던 그 독이 그대로 있다. 지금은 나이 들어 가득참과 비어 있음이 별개의 것이 아니라, 동전의 양면 같은 거라고 깨닫게 되었다.

그릇은 쓰임을 위한 도구일 뿐이다. 그 쓰임의 내용은 담는 것이다. 그릇은 무엇을 담아서 가득 차 있을 때가 있고, 담았던 것을 퍼내어 비어 있을 때가 있다. 담은 것이 그대로 차 있는 그릇은 이미 쓰임이 멈춘 상태이고, 비어 있어 담지 못하는 그릇 역시 쓰임이 멈춘 상태이다. 때문에 채우고 비우고를 반복하는 상태의 그릇만이 제대로 잘 쓰이는 그릇이라 할 수 있다.

그릇은 마음이 물화(物化)된 형태이므로, 결국은 우리 자신이 채우고 비우고를 반복할 때만이 살아 있는 삶을 살 수 있다는 얘기다.

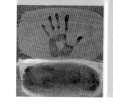

모퉁이의 주춧돌 된 버린 돌

일반 사람들이 보기에 아주 사소하고 미미한 것으로 보이는 일들이 있다.

대문을 나서면 몇 걸음 가지 않아, 평창동의 한적한 주택가에, 떨어지는 촛농처럼, 돌 쪼는 소리가 들려온다. 그 소리는 단조롭고 무미하지만, 규칙적이고 리드미컬해서 무슨 노래처럼 가슴을 파고든다. 몇 걸음 더 가다 보면 그 소리를 내는 사람과 그의 작업장이 눈에 들어온다.

그곳은 벽돌을 재생하는 곳이다. 일천 평이 넘는 나대지에 작은 동산처럼 폐벽돌들이 무더기 무더기 쌓여 있다. 작업을 하는 사람은 혼자이고, 중년의 아주머니다. 그녀가 하

167

는 일은 폐벽돌에서 시멘트 덩어리를 떼어 내는 것이다. 매끈하게 다듬어진 벽돌들은 다시 쓰이기 위해 백 개씩 네모 반듯하게 쌓아올려져 팔려 나간다.

깊은 겨울에만 쉬고, 그 아주머니는 사시장철 그곳에서 그 일을 한다. 요즘엔 꽃을 활짝 피운 아카시아 나무들이 수건을 뒤집어쓴 그녀의 머리 위로 드리워져 있고, 작업장 옆 길로는 주택가 안쪽에서 쉼없이 모습을 드러내는 고급 승용차들이 그녀의 작업장 옆을 미끄러지듯 스쳐 지나간다. 귀에 이어폰을 꽂은 등교길의 남학생, 슈퍼에서 찬거리를 사 가지고 집으로 돌아가는 동네 아주머니, 그 어느 누구도 그곳에 그녀가 있다는 것을 의식하는 사람이 없다. 주변의 풍경은 그녀와, 그녀가 하는 일을 완전히 홀로이게 한다.

뿐만 아니라, 이와 같은 정황의 프레임 속에서는, 승용차에 타고 있는 사람과 등교길의 남학생이, 등교길의 남학생과 찬거리를 사 들고 집으로 돌아가는 동네 아주머니 또한 무관한 사이다. 그야말로 모두가 서로에게 무심, 무관한 사이일 뿐이다. 단지, 하얗게 만개한 아카시아꽃 나무가 주변에 퍼뜨리고 있는 달콤한 향기만이 보이지 않게, 그들 모두와 상관하고 있다. 아카시아꽃 향기는 그들이 인식하든 안 하든 그들 모두와 상관하고 있다.

이것은 우리 삶의 가장 외피에 해당되는, 시간·공간의 모습이다. 삶의 가장 바깥 모습은 대체로 이러하다.

하지만 이 풍경 속에 등장하는 한 사람 한 사람은 서로에게는 너무나 무관해 보이지만, 시간이 좀더 흐르고, 공간을 좀더 넓혀 보면, 그들이 따로따로 다른 시간, 다른 공간에서, 다른 사람들과 맺고 있는 관계가 드러난다.

가령, 승용차에 타고 있는 남자는 삼십 분 뒤면 그가 사장으로 일하고 있는 회사 건물 앞에 도착하고, 현관 수위로부터 경례를 받고 엘리베이터 안으로 들어간다. 동승한 직원들 역시 그에게 인사를 하고 그가 승강기에서 내릴 때까지 잡담을 삼간다. 그는 자기 방으로 들어가며 여비서로부터 인사를 받고, 책상으로 가서 앉자마자 그의 결재를 기다리는 서류들을 하나하나 살펴보기 시작한다.

재수 중인 남학생은 버스에 올라 충전 카드로 요금을 내고 빈자리로 가서 앉는다. 종점을 떠난 버스가 도심 쪽으로 움직이기 시작하면서 점차 승객들이 차 안의 빈자리를 메워가도, 남학생과 승객들 사이엔 아무런 관계도 맺어지지 않는다. 남학생의 주의는 귀에 꽂은 이어폰에서 흘러나오는 목소리에 집중되어 있다. 핸드폰 신호음이 울렸을 때 그는 비로소 귀에서 이어폰을 떼어 내고 핸드폰 폴더를 열어젖힌

다. 전화선 저 끝엔 그의 친구가 등장하고 그의 얼굴엔 웃음
이 번진다.

귀가길의 아주머니는 오 분 뒤엔 다세대주택 2층에 자리
하고 있는 자기 집 현관문을 열고 안으로 들어간다. 그녀는
지금부터 12시쯤에 도착하시는 시어머니를 위해 만두를 빚
을 참이다.

벽돌을 다듬는 아주머니는 저녁에 나타날 건축회사 자재
부 직원을 기다리고 있다. 그녀의 작업장은 그녀를 고용하
고 있는 건축회사에서 대지 주인으로부터 장기 임대한 곳이
다. 그녀는 일용직 노동자이다. 그녀의 품삯은 월말에 자재
부 직원이 나와서 계산해 준다. 오늘은 그녀가 품삯을 받는
날이다.

그녀와 조금이라도 관계가 있는 사람이 나타나려면, 시간
이 흐르고 흘러 저녁때가 되어야 하고, 잠시 품삯을 주고 받
은 뒤엔, 그녀가 지하철을 타고 변두리 다세대주택 지하방
에 도착할 때까지, 공간이 크나크게 이동, 확장되어야 한다.
그 어두컴컴한 방 안에 십 년째 병석에 누워 있는 그녀의 남
편이 있고, 상고에 다니는 아들이 있다.

이 지점에 이르게 되면, 각자가 따로따로 관계 맺고 있는
사람들이 기하급수적으로 늘어나, 직접적이지는 않더라도,

몇 다리 건너 건너면, 서로가 서로에게 결코 무관한 사이가 아님이 드러난다.

예를 들면, 상고에 다니는, 벽돌재생공장 아주머니의 아들은 승용차를 타고 가는 사장회사 수위의 아들과 같은 반이고, 찬거리를 사 가지고 집으로 돌아가는 아주머니의 남편은, 벽돌 재생하는 아주머니의 남편과 같은 마을에서 담을 이웃하고 자란 소꿉 친구이다. 이렇듯 확장된 삶의 프레임 속에서는 가시적으로 인지되지 않을 뿐, 모든 사람들은 마치 손에 손을 잡은 하나의 원처럼, 오히려 관계를 떠나서 존재하는 사람은 아무도 없다.

미미하고 사소한 것으로 여겨지는 일도 마찬가지다. 이미 집 짓는 데 쓰였다가, 집이 부서짐으로써 쓰레기가 된 벽돌들. 그 폐벽돌들을 고르고 다듬어서 쓸 만한 자재로 재생시키는 일은 특별한 기술 없이도 누구나 할 수 있는 일이다. 누구나 할 수 있는 일을 사람들은 사소한 일로 여긴다.

그와 반대로 작가나 화가, 건축가, 작곡가 등, 그들이 하는 일의 내용이 오직 당사자만 할 수 있는 일이 있다. 한 편의 소설, 한 점의 그림, 한 곡의 노래는 그것을 만들어 낸 창작인 이외엔 누구도 대신할 수 없다. 그렇다고 그것이 일과 일을 비교하여 우위를 가늠하는 근거가 될 수 있을까.

왜냐하면 재생된 폐벽돌은 건물의 모퉁이돌이 되고, 없어서는 안 되는 값어치를 지니게 되어 전체성 속에서 보면 사소한 일이란 결코 없다. 중요한 것은 유형과 무형, 안과 밖, 속과 겉이라는 전체를 이루어 내는 조화의 힘이다.

조화의 세계에서는 모든 것이 같은 비중으로 공존한다. 그것이 하나님 나라의 이치다.

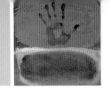

결실

지금 내 나이 정도의 사람들은 인생의 사계(四季)에서 가을을 맞고 있다. 그가 어떠한 삶을 살면서 지금의 나이에 이르렀든 세월은 그의 삶 깊숙이 서사적 드라마를 새겨 놓은 것이다.

인생의 밭에 심고 가꾸어 온 것들이 이제는 서서히 그 결실을 드러내는 시기라고나 할까. 심고 가꾸는 일에 땀과 노력을 바친 사람일수록 결실을 거두는 데 더 많은 노력이 필요하다는 것을 알게 된다. 또한 인생에 있어서의 결실은 과일 열매를 따먹는 것과는 사뭇 다르다는 것도 알게 된다.

사람의 일생은 '관계'로서 심음과 거둠의 드라마를 살게 된다. 관계에 있어 결실은 책임감으로 완성된다. 우리가 맺은 관계가 혈육이든 부부이든, 또 연인이든 친구이든 그 관계의 결실은 책임감으로 드러나기 때문이다.

내 나이쯤 되면 모든 관계에 있어 받는 쪽이기보다 주는 쪽이게 된다. 사랑이든 물질이든 받는 것 없이 거의 주기만 하고, 몸으로 치르는 수고로움도 혼자 감당하다 보면 그 관계가 점점 힘들어지게 된다.

가령 시부모나 남편이 중병이 들었을 때, 며느리나 아내의 관계를 맺고 있는 우리들은 그 상황을 전적으로 떠맡을 수밖에 없다. 힘겨움에도 그 상황을 온전히 떠맡는 것이 관계의 거둠이고 결실이다. 여기에는 농부들처럼 지금까지 땀과 노력을 바친 만큼의 결과를 앉아서 따먹는 식의 손에 쥐어지는 열매가 없다. 그러나 그 거둠이 책임감으로 완성되는 과정은 자기를 태워 빛을 발하는 것이고, 한 알의 밀알이 썩어서 더 많은 알곡을 위한 거름이 되는 것이다.

인생의 밭은 수확기에 이르러서는 더 이상 열매를 내놓지 않는다. 오히려 한 개체의 죽음, 부패, 산화를 요구한다. 그러나 그 죽음은 덧없음이 아니라 변용을 거쳐 온전한 전체성 속으로 녹아드는 것을 의미한다.

나의 죽음이나 변용은 전체성 속에서 결실로 거두어지게

된다. 먼저 난 사람들이 있기에 나중 난 사람이었던 우리가 어느새 먼저 난 사람의 위치로 자리를 옮겨와 있다. 위로도 아래로도 책임질 관계의 중심부에 자리한다. 그 책임을 얼마나 성심껏 치러 내느냐에 따른 열매는 나중 오는 사람들 속에서 거둠의 넓이나 깊이로서 감지될 것이다.

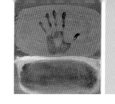

말해지지 않은 기다림

그때, 무슨 일로, 누구랑 같이 거기에 갔는지는 기억이 없다.

미국 미시간의 한적한 주택가였다. 포장이 잘 된 길을 사이에 두고 널찍한 잔디정원을 마주한 하얀 집들이 모여 있는 동네였다.

날이 어두워지긴 했으나, 아주 어둡지는 않아서 건너편 집 정원의 느릅나무 가지 꼭대기의 나뭇잎이 미풍에 떨리는 것이 아직은 잘 보였다. 밤이 오기 전에 새끼들을 챙기려는 어미새의 잔소리 같은 울음소리가 간혹 들릴 뿐 사방이 조용했고, 어느 집에선지 잔디를 깎았음일까, 싱그런 풀냄새가 공기마저 초록으로 물들이고 있는 듯했다.

내 시선이 건너편 집 거실로 이끌려 간 것은 스탠드 불빛 때문이었다. 통유리로 된 거실 창가, 푹신한 소파에 파묻혀 있는 그 남자는 책을 읽고 있었다. 어둠이 내리고 있는 동네에 가장 먼저 불을 밝힌 사람은 독서하는 사람이었다. 그리고 그는 짙은 수박색 바지에 회색빛 카디건을 걸친 중년남자였다.

길 하나 사이라고는 하지만, 그를 오래 바라보고 있다가 눈이라도 마주치면 멋쩍을 수도 있는 상황임에도, 그에게서 눈을 뗄 수가 없었다. 책에 심취된 그에게서는 땅속 깊이 뿌리를 내린 거대한 나무가 그렇듯, 고즈넉한 평화로움, 단아한 안정감이 전해져 왔다.

귀가 후의 저녁 한때를 책 읽는 것으로 보내는 여유 차원의 안정감을 넘어서, 책과 더불어 오래 함께 해온 사람의 현자(賢者)적 모습. 나는 그때 책을 쓰는 사람으로서, 자신이 쓰는 글의 내용이 저토록 중후하고 우미한 영혼에게 떨림이 될 수 있다면 좋겠다는 바람을 감히 품어 보았다.

먼발치로나마 그를 만난 것은 나의 행운이자 고통이었다. 그때 이후, 글을 쓸 때면, 나는 항시 내 글이 찾아가 그 영혼을 울려야 할, 가장 멀고 높은 곳에 있는 독자로서 '그'를 떠올렸다.

　그는 언제나 나의 재능 없음을, 무지함을, 아둔함을, 나태함을 잔혹하게 깨우쳐 주기만 할 뿐, 한 번도 손을 뻗쳐 주지 않았다. 그가 있기에 나의 글쓰기는 때로는 행복한 모험이 되기도 하지만, 거의 대부분은 천형의 벌로 여겨져 왔다. 머지않아 머리카락은 백발이 되고, 허리는 할미꽃처럼 굽어질 텐데, 언제나 그 독자의 영혼을 에밀레종처럼 한번 울려나 볼 수 있을지….

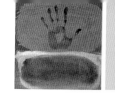

고부의 아름다운 인연

— 나오미와 룻 이야기

기원전 1100년경이었다. 이스라엘에 기근이 심해 땅은 갈라지고 곡식은 자라기도 전에 말라 죽었다.

베들레헴에 살던 엘리멜렉이란 사람은 아내와 아들 둘을 데리고 이웃나라 모압으로 이주했다. 아내의 이름은 나오미, 두 아들의 이름은 말론과 기룐. 몇 년 살다가 남편은 죽고 아내만 달랑 타지에 남게 되었다. 그래도 나오미에겐 장성한 두 아들이 있어 믿음직했고, 무엇보다 나오미는 신심이 깊은 여인이었다. 여호와 하나님의 말씀을 지키고 행하는 그녀의 몸가짐은 그 지방 사람들에게 깊은 인상을 심어주었다. 때문에 딸 가진 집안에서는 시어머니 될 사람의 인품을 믿고, 타지 사람인 그녀의 두 아들에게 딸을 맡겼다.
그렇게 맞이한 두 며느리의 이름은 오르바와 룻이었다.

나오미 일가는 서로 아끼고 사랑하며 단란한 가정을 꾸렸
다. 10년 세월이 그렇게 흘렀다. 그런데 어느 날 불운이 덮
쳐 아들 하나가 죽고, 얼마 있다 남은 아들마저 세상을 떠났
다. 두 아들에겐 후사가 없었다.

졸지에 자기처럼 과부가 된 두 자부를 데리고 나오미는
어떡하든 살길을 찾아야 했다. 그때 고향에서 들려온 소식
이 나오미에게 용기를 주었다. 하나님께서 은혜를 베푸시어
들판마다 곡식이 무르익어 풍년이 예상된다고 했다. 나오미
는 이제 고향으로 돌아갈 때가 왔다고 판단했다.

두 며느리를 데리고 귀향길에 오른 나오미는 가는 동안
내내 깊은 생각에 잠겼다. 그리고 마침내 한곳에 이르러 두
며느리를 앉혀 놓고 심중의 말을 꺼냈다. "너희 두 사람 우
리 집안으로 시집와서 지금까지 성심으로 남편을 받들고,
지극정성으로 시어미 봉양해 준 그 마음 위에 하나님의 축
복이 있기를 바란다. 나로서는 이것으로 내 복이 다한 것으
로 여길 테니, 너희는 친정으로 돌아가라. 가서 새 배필을
만나 남은 생은 편히 살도록 해라." 말을 끝맺고 나오미는
며느리를 한 사람씩 끌어안고 이마에 입을 맞추었다.

"아닙니다, 어머니. 저희는 어머니가 가시는 곳이면 어디든 따라가겠습니다. 데리고만 가주세요." 두 며느리는 울면서 시어머니에게 매달렸다.

"너희들의 나이 아직 꽃처럼 젊은데, 이 늙은 시어미 곁에서 평생 수절하며 지낼 수는 없잖니. 내게 장성한 또 다른 자식이 있다면 너희들을 거두어 보살피게 하겠지만 그도 아니고. 나는 내 죄 있어 남편과 자식 둘을 앞세웠지만, 그런 나 때문에 너희들이 고통받는 것이 더 가슴 아프다. 그러니 내 딸들아, 이제는 너희 갈 길로 가거라."

세 여인은 한동안 부둥켜안고 울었다. 잠시 후 먼저 울음을 그친 오르바는 시어머니에게 입맞춤으로 작별을 고했다.

그러나 룻은 자기의 결심을 굽히지 않았다. 나오미는 룻의 등을 더욱 세게 떼밀었다. "봐라, 네 동서가 현명한 거다. 너도 네 민족, 너의 신을 찾아가거라." 그래도 룻은 한 발짝도 움직이지 않았다. "저에게 어머니의 뜻을 강권하지 마세요. 저는 어머니 곁을 한시도 떠나지 않겠어요. 어머니 민족이 제 민족이고, 어머니 하나님이 제 하나님입니다. 제가 만약 살아서 어머니 곁을 떠나면, 여호와 하나님께서 그런 저를 벌주셔도 상관없어요." 나오미는 내심 고개를 끄덕였다. 육체로 얻은 두 자식은 잃었지만 믿음으로 얻은 한 자식이

183

곁에 있었다. 나오미는 말없이 룻의 등을 두드렸다. 그제야 룻은 시어머니의 옷자락을 놓았다.

마침내 두 사람은 고향에 당도했다. 온 성읍 사람들이 나오미의 귀향 소식을 입에서 입으로 전하며 쑥덕거렸다. 나오미는 자진해서 자신의 처지를 솔직하게 털어놓았다. "내가 고향을 떠날 때는 부러운 것 없이 떠났으나, 돌아올 때는 빈손으로 돌아왔소. 전능하신 분께서 나를 벌주셨거늘 내가 어찌 이전처럼 나오미로 칭함을 받겠소." 그것은 이제부터 진자리에서 삶을 다시 시작하겠다는 각오였다.

룻은 시어머니의 의중을 단박 알아채고, 남의 추수밭이라도 주인만 허락해 준다면 이삭을 주워 양식을 마련하겠노라고 했다. 산 설고 물 선 고장에 와서 부끄러움을 무릅쓰고 이삭줍기라도 하겠다고 나서는 며느리가 나오미는 볼수록 믿음직스럽고 대견했다.

성읍에서 들판까지 가려면 많이 걸어야 했다. 룻은 마침 보리를 베는 밭에 이르러, 보리 베는 사람 뒤를 쫓아 이삭을 줍게 해달라고 간청했다. 그들은 그녀가 누구인지 알았으므로 이삭을 줍도록 허락했다. 하지만 룻은 그 밭 임자가 죽은 시아버지의 친족, 보아스인 것을 알지 못했다.

보아스는 그때 추수하는 일꾼들을 격려하기 위해 밭에 나왔다가, 한 여인이 앞도 뒤도 돌아보지 않고 오직 이삭줍기에만 열중해 있는 것을 유심히 살펴보게 되었다. "저 젊은 여인은 누군가?" 보아스가 일꾼 감독에게 물었다. 그가 룻을 가리켜 나오미의 자부 되는 모압 여인인데, 아침에 나와서 지금까지 잠시 한 번 쉬었을 뿐 내내 이삭을 줍고 있다고 대답했다. 보아스는 생각에 잠겨 룻에게서 시선을 떼지 않았다. 그리고 룻을 불러 당부했다. "이제는 이삭을 주우러 다른 밭으로 가지 말고, 이곳에만 있어라. 내가 일꾼들에게도 말해 놓을 테니 목이 마르면 물동이의 물도 마음대로 마시라."

룻은 땅에 엎드려 절을 했다. "저는 이방 여인인데 어찌하여 저 같은 사람한테 은혜를 베푸시는지요?" "남편 없는 집에서 시어머니를 지극정성으로 모시다가 고국을 떠나 이곳까지 따라온 너의 행실이 내 귀에도 들렸다. 하나님께서 너의 기특한 마음을 상 주시어, 그 날개 아래 보호해 주시기를 바란다." 보아스 역시 룻의 행실에 감동받은 것을 숨기지 않았다.

식사할 때가 되었다. 보아스는 룻을 가까이 불러 빵을 권하고, 그 빵을 와인 식초에 찍어 먹으라고까지 배려했다. 룻은 그의 친절을 사양하고 곡식 베는 일꾼 곁으로 가서 앉았다. 일꾼이 그녀에게 볶은 곡식을 주자, 룻은 배불리 먹고 남은 것을 쌌다.

룻이 다시 이삭을 주우러 일어나자, 보아스는 일꾼들에게 룻이 곡식단 사이에서 이삭을 줍더라도 타박하지 말고, 곡식단을 묶을 때 조금씩 뽑아서 일부러 흘려 놓으라고 일렀다.

저녁이 되어 룻은 주운 이삭을 떨었다. 양이 한 에바쯤 되었다. 집으로 돌아간 룻은 이삭을 주워 만든 양식과 일꾼들에게서 얻은 볶은 곡식을 시어머니 앞에 내놓았다. 나오미는 그 많은 양에 놀랐다. "오늘 뉘 댁의 밭에서 일을 했는지, 그 후한 마음씨에 복이 있기를." 며느리는 시어머니에게 그날 있었던 일들을 소상하게 말씀드렸다. "보아스는 우리 친척인데, 네 발로 찾아간 곳이 그의 밭이었다니. 그는 우리가 기업 무를 자(룻의 죽은 남편과 가까운 친족인 보아스는, 나오미네가 고향을 떠나면서 두고 간 농토를 도로 찾아 주어야 할 뿐 아니라, 룻으로 하여금 시댁의 대를 잇게 할 책임이 있었다) 중에 한 사람이다."

룻은 얼굴이 발그레 상기된 채 목소리를 낮추었다. "그분이 저더러 추수가 다 끝날 때까지 자기 밭에서 이삭을 주우라고 허락했어요." "너는 그의 말대로 하는 게 좋겠다." 나오미는 보아스의 속내 생각을 알아챘다.

추수가 끝나고 룻은 더 이상 밭에 나갈 일이 없어졌다. 그
때 나오미는 자신이 곰곰이 생각해온 바를 며느리에게 말했
다. "딸아, 너는 이제부터 내 말을 잘 듣고 그대로 해야 한
다. 나는 너를 아끼고 사랑해 줄 배필을 만나게 해주고 싶
다. 보아스가 오늘밤 추수한 보리를 타작할 것이다. 그러니
너는 몸을 깨끗이 하고 기름을 바른 뒤, 옷차림을 단정히 하
고 보아스네 타작 마당으로 가거라. 그가 식사를 마칠 때까
지는 그의 눈에 띄지 않게 해라. 나중에 그가 가서 눕거든,
그곳을 알아 뒀다가 남들 눈에 띄지 않게 가서 그의 발치 이
불을 들치고 거기 누워라. 그 뒤는 그가 알아서 할 것이다."
"어머니 말씀대로 따르겠어요." 대답은 그렇게 했지만 룻은
속으로 두려운 생각이 일었다. 일이 잘못되어 봉변을 당할
수도 있지 않겠는가. 그러면 아무도 아는 사람 없는 이 타향
에서 누가 도움을 줄 것인가.

밤이 되어, 룻은 두근거리는 가슴을 안고 보아스의 타작
마당으로 갔다. 사방은 캄캄한데 여기저기 사람들이 모여
있는 곳에서는 관솔불이 타오르고 있었다. 룻은 멀리서 보
아스를 지켜보았다. 그는 저녁식사 내내 즐겁고 유쾌해 보
였다. 룻은 어쩐지 마음이 놓였다. 그가 음식 먹기를 마치
고, 노적가리 곁에 가서 눕는 것을 보고, 룻은 살그머니 뒤

따라가서 그 발치 이불을 들치고 거기 누웠다.

　한밤중에 보아스는 무엇이 발치에 있어 깜짝 놀라 몸을 일으켰다. 한 여인이 이불 끝자락을 덮고 누워 있었다. "너는 누구냐?" "저는 당신으로부터 이미 은혜를 입은 나오미의 며느리입니다. 내치지 마시고 당신의 옷자락으로 저를 덮어 주세요." 떨리는 음성으로 룻이 대답했다. 주위가 캄캄해서 얼굴을 볼 수 없으나, 목소리는 보아스의 귀에 익은 그 음성이었다. 보아스는 오히려 룻이 그런 용기를 보여준 것이 고마웠다.

　"딸아, 너의 현숙한 몸가짐을 이곳 사람들이 이미 모두 알고 있다. 그러니 편한 마음으로 내 얘기를 듣거라. 가난하든 부자든 네 나이에 걸맞는 청년들이 있은즉, 그럼에도 나를 택한 네 마음이 어여쁘다. 하지만 나로선 일단 네 기업 무를 자 중에 나보다 더 가까운 친족이 있는지 알아봐야겠다."

　보아스는 룻으로 하여금 새벽녘까지 자기 발치에 숨어 있도록 주의를 주었다. 여인이 타작 마당에 들어오는 것을 금하는 관습 때문이었다. 어둠이 아직 남아 있을 때 룻은 일어났다. 보아스는 룻의 겉옷을 보자기처럼 펴게 해서 보리 여섯 되를 되어서 들려 보냈다.

　밤새 뜬눈으로 보낸 나오미는 룻이 집으로 돌아오자 자초

지종을 물었다. "그분 말이 빈손으로 시어머니에게 돌아가지 말라 하며 이 보리 여섯 되를 주셨어요." "그의 의중을 알 때까지 너는 출입을 삼가고 집에 있어라." 나오미가 며느리에게 당부했다.

그 사이 보아스는 성문에 올라가서 앉아 기다렸다. 룻의 기업 무를 자 중에 자기보다 더 가까운 친족인 청년이 나타나자, 그를 가까이 불러 앉혔다. 그리고 성읍 장로 열 사람에게도 사람을 보내 불러오게 했다. 모두 모인 뒤 보아스는 청년을 향해 입을 열었다. "너도 알다시피, 우리 형제 엘리멜렉이 죽고, 그의 아들도 죽어 이제는 그의 아내 나오미와 자부 룻이 엘리멜렉 소유의 공동 관리인이다. 우리 법에 정해져 있듯이 너는 그들의 소유를 살 수 있는 우선권이 있고, 그 권리를 행사할 시엔 여인으로 하여금 형제의 대를 잇게 할 책임 또한 짊어져야 한다. 어떠냐? 네가 사려거든 사고, 그렇지 않으면 그 다음 순서로 권리를 가진 내게, 너의 권리를 넘겨도 좋다." 청년은 자기 기업에 손해가 있을까 염려되어 즉각 포기 의사를 밝혔다. 그리고 그 사실을 증명해 달라는 뜻으로 신을 벗어 이웃에게 주었다.

보아스는 일이 자기 뜻대로 처리되어 크게 안도했다. 그는 밝은 얼굴로 장로들과 그 밖의 입회인들을 둘러보며 말했다. "이제 여러분들은 내가 엘리멜렉과 그의 두 아들 기룐과 말룐의 소유를 관리하는 나오미와 룻에게서 밭을 산 사실과, 죽은 말룐의 아내를 내 아내로 취하여 그 손을 잇게 하고, 문중에 대대로 이름이 이어지도록 맹세함에, 그 증인이 되어 주십시오."

장로들과 입회인들은 하나같이 흐뭇한 표정으로 고개를 끄덕였다. "우리 모두 기꺼이 증인이 되겠소. 하나님께서 당신이 맞아들이는 여인으로 하여금 요셉의 두 아내에게 베푸셨던 것 같은 축복을 주시어, 손을 잇게 하시고 당신네 가문을 이스라엘 최고의 가문이 되도록 은총 내리시기를 축원하오."

룻은 사람들의 축복 속에 합법적으로 보아스의 아내가 되었고, 얼마 후 아들을 낳아 그 시어머니의 품에 손자를 안겨 주었다. 여인들이 나오미를 칭송하여 말했다. "그 아기는, 낳기는 자부가 낳았으되, 당신의 믿음으로 얻은 당신의 아들이로다. 그 이름을 오벳이라 하라."

이후 오벳은 이새를 낳았고, 이새는 다윗을 낳았다. 그가 바로 훗날 예수의 조상이 된 사람이었다. 룻은 믿음의 자식이 됨으로써, 이방 여인임에도 예수의 가계에 이름을 올릴 수 있었다.

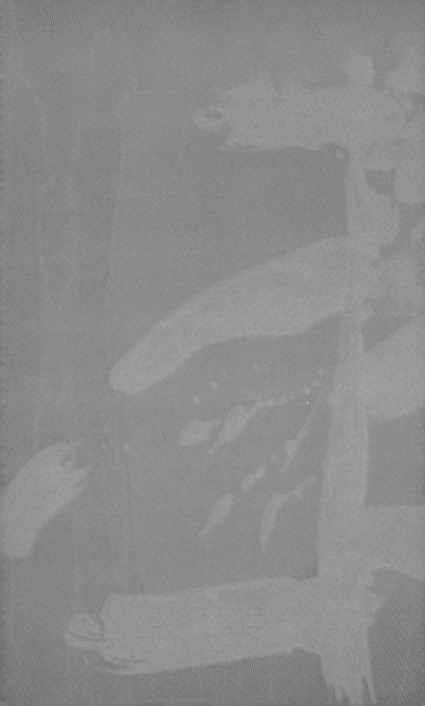

삶
― *Purple*

섬기는 자로서 살다

내가 이 세상에서 아버지와 함께 한 세월은 고작 18년밖에 되지 않는다. 아버지는 내가 사범학교를 졸업한 이듬해 간경변으로 돌아가셨다. 아버지의 수(壽)는 61세였다.

나의 아버지는 손이 귀한 집 삼대독자였다. 20대 때 한 여인과 결혼했으나, 그 여인이 아이를 낳지 못해 이혼하고, 두 번째 결혼하여 1남 2녀를 두게 되었다. 두 번째 결혼한 여인이 나의 어머니였고, 나는 2녀 중 장녀였다. 아버지에 대한 나의 기억은 아버지의 나이가 40대로 접어든 이후부터 시작된다. 그 이전에 아버지의 생애에 일어났던 많은 일들을 나는 거의 알지 못한다. 어른들의 대화나 상황을 통해 절로 알게 된 일들 — 아버지가 신학을 전공했고, 돌아가신 부모님으로부터 제법 많은 토지를 상속받았고, 결혼한 부인이 손을 잇지 못하더라도 헤어질 뜻이 없었으나, 부모님의 강권에 못 이겨 이혼하고 나서 마음고생이 심했고, 큰 화재를 만나 재산 손실을 크게 입었고, 등등으로 요약되는 사건들은 내가 태어났을 때는 이미 관공서의 서류 한 귀퉁이에 몇 마디 활자로만 남아 있었다.

나의 유년의 기억 한복판에는 한 미지의 여인이 서 있다 (물론 세월이 흐른 뒤에는 그 수수께끼가 풀렸다).

금패 엄마라고 불렸던 그 여인은 아버지 연배로서, 어머니보다 십 년 이상 연상이었다. 금패 엄마는 명절 때면 으레 우리 집에 초대되는 손님이었다. 추석이나 정초가 되면, 나는 차례상 준비로 분주한 어머니 주위를 맴돌며 이제나저제나 하고 기다렸다. 전을 부치던 어머니가 손에 묻은 기름을 행주치마에 슬쩍 훔치다 말고 생각난 듯이 나에게 일렀다. "금패 엄마한테 가서 내일 아침 우리 집에 오시라고 해라." 기쁜 마음에 곧바로 대문을 향해 내달리노라면 어머니의 책망이 뒤쫓아왔다. "치마 좀 바로 입고 가거라."

금패 엄마는 쌍꺼풀이 깊은 서글서글한 눈매에, 키가 작달막하고, 환하게 웃을 때조차도 목소리에 울음이 묻어 나는 듯한 여인이었다.

사람이 살고 있지 않는 듯 적막한 기운이 감도는 마당에 들어서면, 나는 항시, 나와, 내가 가져온 전갈이 금패 엄마를 무척 기쁘게 할 거라는 것을 직감으로 알았다. 그 심부름이 기꺼운 것은 그 때문이었다.

방문을 열고 나를 맞이하는 금패 엄마의 얼굴에 웃음이 환하게 번지는 것을 보는 것은, 그냥 기분 좋기만 한 일이 아니라, 그녀에게 내가 무척 귀한 존재로 여겨지는 느낌도 갖게 했다. 방으로 들어와 잠시 놀다 가라는 금패 엄마의 권유를 나는 수줍음 때문에 머뭇거리다 그냥 돌아섰다.

이튿날 아침 일찍 성장(盛裝)을 한 금패 엄마가 우리 집 대문 안으로 들어섰다. 명절에 찾아오는 유일한 친척이라는 것만으로도 그녀의 등장은 우리 형제들에게 가벼운 흥분을 불러일으켰다. 일하다 말고도 일어나서 그녀를 반기는 것은 어머니였고, 내성적인 아버지는 눈을 내리깔고 비죽이 미소만 지을 뿐이었다.

어머니가 만류하는데도 금패 엄마는 부엌으로 나가 차례상 차리는 일을 도왔고, 아버지는 방에서 지방을 쓰고 갈아입을 옷을 매만지셨다.

차례를 지낸 뒤, 서둘러 조반을 끝내고, 우리는 성묘길에 올랐다. 한 시간 남짓 걸어서 도착한 묘지에는 증조할아버지, 할머니가 모셔져 있었다. 아버지가 낫으로 풀을 베고 있는 동안, 어머니와 금패 엄마는 준비해 온 음식들을 상석에 차려 놓았다.

묘지와 묘지 사이를 S자로 뛰어다니다 문득 바라보면, 저 멀리 두 개의 삿갓처럼 맞붙어 있는 산 능선 사이에, 바다가 푸른 쐐기처럼 박혀 있는 것이 보였다. 또다시 뛰어다니다 문득 바라보면, 어머니와 금패 엄마가 나란히 앉아 자매처럼 다정하게 이야기를 나누고 있었다. 아버지는 벌초를 끝내고 나서도 두 여인으로부터 멀찍이 떨어져 앉아 혼자 담배를 피우고 있었다.

산에서 내려와 금패 엄마가 자기 집으로 돌아간 뒤에 보면, 아버지와 어머니 사이엔 기묘한 긴장감이 감돌았다. 사소한 문제로 말다툼이 일어나는 것은 시간문제일 듯했다. 그럴 때마다 나는 어머니한테 물어보고 싶은 말이 있었다. "엄마, 금패 엄마가 우리하고 뭐가 돼요?"

나의 질문에 어머니가 난처한 기색으로 망설이다 "먼 친척"이라고 대답한 적은 있었다.

우리 형제들은 그녀가 우리를 극진히 사랑하는 까닭을 알지 못한 채로, 정초에는 세뱃돈을 두둑이 받아 챙겼고, 학교에 오가는 길에 우리가 먼발치로만 보여도 불러서, 그녀가 일부러 손에 쥐어 주는 돈이나 사탕봉지를 당연한 듯이 받아 넣었다. 오빠는 부모님에게 꾸중을 듣고 집을 나가면 금패 엄마를 찾아갔다. 내가 진실을 알게 된 것은 사춘기가 훨씬 지난 뒤였다. 금패 엄마는 아버지의 첫 번째 부인이었고, 금패는 입양한 딸인데, 금패마저도 어린 나이에 병으로 죽었다고 했다.

어머니의 고백에 내가 충격을 받은 것은 사실이었다. 어머니에게 내색할 수는 없었으나, 나는 그토록 우리를 사랑해 주는 사람이 먼 친척이 아니라, 진짜 가까운 관계라는 사실이 기쁘고 후련했다. 사실 우리 쪽에서도 금패 엄마한테 가는 정이 깊어지는데, 그 이유를 설명할 수 없어 스스로 당혹스러웠던 까닭이었다.

내가 초등학교 5학년 무렵부터 아버지와 어머니 사이엔 부쩍 의견 충돌이 많아졌다. 그 충돌은 이렇게 시작되었다.

날씨가 화창한 일요일. 아버지는 아침 일찍부터 낫을 갈아 보자기에 싸 놓고 조반상 앞에서 말했다.

"자네 오늘 산소에 갈라는가."

"아닌 밤에 홍두깨 격으로 산소에는 왜 가요?"

"날씨가 좋으니 아이들 데리고 산보 삼아 가자는 거지."

"죽은 사람들한테서 떡이 나와요, 밥이 나와요?"

"이 사람아, 지금 우리가 밥을 굶나, 옷을 벗었나, 뭐가 그리 불만인가."

"세상물정을 저렇게 모르니 늘 이 모양 이 꼴이지."

면박을 주는 어머니의 음성이 높아졌다. 사실 그것은 부모님 사이에 진작부터 내연(內燃)하고 있었던 갈등의 불씨였다. 12년의 나이 차이, 아버지는 온화한 성품에 이지적이고 내성적인 성격이었고, 목회를 직접 하지 않는다뿐이지 신학으로 다져진 가치관이 확고했고, 어머니는 활달하고 급한 성품에 감성적 성격이었고, 현세적 욕구가 강했다. 그 즈음 어머니는 자식들이 클 만큼 크자 뒷바라지에서 놓여나 애국부인회 일을 보기 시작했다. 어머니 자신은 여학교 때 전교우등을 할 정도로 남에게 뒤질 게 없었으나, 부인회 일을 보다 보니, 돈 많고 권세 높은 남편을 가진 여인네들 틈에서, 말단 공무원 신분인 아버지 때문에 주눅이 들 법했다. 외출에서 돌아오면 어머니는 버선을 메다꽂으며 사소한 일로 역정을 냈고, 끝내는 아버지를 거세게 몰아붙였다. 땅을 팔아 번듯한 사업을 해보라는 요지였다.

한 번도 언성을 높이는 일 없이 어머니의 타박을 고스란히 감수하고 사는 아버지가 가엾은 만큼 나는 어머니를 미워했다. 아마도 내 성정이 어머니보다 아버지 쪽에 가까운 점도 심리적 동기가 되었을 것이다. 아버지 쪽에서도 어머니 성정을 닮은 아들보다 큰딸을 자기편으로 여기고 있었다.

아버지는 불만에 가득 찬 어머니가 업수이 여겨 가까이 하지 않는 당신의 곁에 나를 늘 데리고 다녔다. 나는 아버지가 산지기를 찾아갈 때도 동행했고, 소작인이 맡아 경작하고 있는 논을 둘러보러 갈 때도 함께 했고, 우리 땅에 집을 짓고 사는 스물 다섯 가구의 세입자들로부터 지세를 받으러 갈 때 그리고 당신으로부터 점점 마음이 멀어져 가는 아내로부터 받은 상처의 외로움을, 조상들의 무덤을 찾아가 벌초를 하며 달랠 때도 아버지 곁에 있었다. 그런 중에도 부모님 사이의 불화는 날로 깊어 갔다.

어머니의 수완으로 부인회 일이 견고해지고 확장된 것이 계기가 되어, 국회의원에 출마한 부인회장의 선거 참모로, 다시 야당의 부녀부장으로 사회 참여를 넓혀 감에 따라, 어머니는 집을 비우는 시간이 많아졌다. 아버지는 살림을 도외시하는 어머니를 나무라기도 하고, 타이르기도 하면서 어머니가 제자리로 돌아오기를 기다렸다. 그러나 아버지는 어머니에 대한 불만을 고성(高聲)이나 폭력으로 터뜨리기보다는 믿음 깊은 생활로 자기 수신(修身)에 힘썼다. 학교에서

돌아오면 우리를 맞아 주는 이는 아버지였고, 우리를 위해 밥상을 차려 주는 이도 아버지였다. 외출이 잦은 어머니의 옷차림이 점점 화려해지고 있는데 반해, 아버지의 옷차림은 검소한 도를 넘어 후줄그레한 느낌을 주었다.

그러던 어느 날 이발소에 다녀온 아버지의 머리를 보고 우리는 큰 충격을 받았다. 스님처럼 삭발을 했던 것이다. 그 이후로 아버지는 돌아가실 때까지 머리를 기르지 않았다. 그것은 아버지가 마음의 뿌리로부터 거듭 태어난 신호였다. 우리 집에는 남들이 사귀기를 기피하는 이상한 사람들이 찾아왔고, 아버지는 그들의 형님으로 불렸다.

어머니는 아버지의 머리 모양, 친분을 맺고 있는 반푼(?)들에 대해 원색적인 비난을 퍼부었다. 아버지가 일으키고 있는 조용한 변화는 어머니와, 어머니가 속한 세계로부터 몰이해될 뿐 아니라, 사사건건 구설에 올랐다. 중학교에 들어간 나에게도 그 여파가 미쳤다. 나의 친구들은 내 등 뒤에서 "자아(재)네는 아버지가 밥을 한다."더라고 쑤군거렸다. 나는 어느새, 어머니가 그렇듯, 아버지를 친구들 앞에서 내 아버지라고 내세우기를 부끄러워하게 되었다. 나는 하학길에 친구들과 동행하기를 꺼렸다. 아버지가 바가지에 담긴 쌀을 씻고 있는 모습을, 또는 동네에서 반푼으로 취급당하는 이상한 사람들이 우리 방에서 큰 소리로 웃고 있는 모습을 들키고 싶지 않았던 것이다.

아버지는 임종하시던 날 아침에도 우리를 위해 아침밥을 지었다. 그리고 나서 잠시 눕겠다고 한 뒤 바로 혼수상태에 들었다. 왕진 온 의사는 복수가 차 오른 아버지의 배를 꾹꾹 눌러 보고 나서 임종이 가깝다고 했다. 어머니는 볼 일 때문에 서울에 머물고 있었고, 오빠도 집에 없었다. 집에는 동생과 나밖에 없었다. 나는 금패 엄마에게 달려갔다. 아버지는 눈을 뜨고 임종하셨고, 그 눈을 감긴 것은 금패 엄마였다.

어머니의 노래

어린 시절 나의 바람은 뚜껑이 있는 내 밥주발을 갖는 것이었다. 때문에 자기 밥주발이 있는 오빠를 나는 조금쯤 미워하면서도 부러워했다.

오빠는 나와 나이 차이가 여덟 살이었고, 삼대독자였다. 어머니가 그를 편애하는 것은 그런 이유에서였다.

우리 집 부엌엔 아궁이가 둘이었는데 큰 솥과 작은 솥, 두 개가 걸려 있었다. 큰 솥이 걸려 있는 아궁이엔 특별한 일이 있을 때만 불을 지폈고, 평소엔 작은 솥이 걸려 있는 아궁이에만 불을 지폈다.

한번 불을 지피면 밥을 먼저 하고 남은 숯을 풍로로 옮겨 반찬을 했다. 먼저 된 밥은 밥주발에 퍼서 뚜껑을 닫고, 항상 얇은 이불이 펴져 있는 아랫목에 묻어 두었다.

어머니는 항상 똑같은 순서로 밥을 펐다. 아버지, 오빠, 동생, 나 그리고 어머니순이었다. 아버지와 오빠는 유기로 된 밥주발이 따로 있었고, 동생과 나, 어머니 자신은 그때그때 비어 있는 그릇에다 밥을 퍼담았다. 한겨울엔 반찬을 만드는 동안 밥이 식기 때문에 식구들 모두의 밥을 푸는 순서대로 아랫목에 묻어 두었다가 반찬이 다 되어 밥상을 차린 뒤에 묻어 둔 밥주발들을 꺼내어 상 위에 올렸다. 여름엔 방에 불을 지피면 덥기 때문에 풍로에 숯불을 피워 밥도 하고 반찬도 했다. 그럴 땐 밥을 퍼서 부뚜막에 일렬로 놓았다가 상을 차리고 나서 옮겼다.

어머니가 퍼 주는 밥을 받아서 뚜껑을 닫고, 아랫목에 파묻어 두는 일은 대개 내 몫이었다. 나는 항상 내 밥그릇에 제 뚜껑이 없는 것이 불만이었다.

아버지나 오빠의 귀가시간이 늦어질 때면 밥이 식을까 봐 밥주발을 옷가지로 둘둘 싸서 아랫목에 묻어 두었다.

오빠가 고등학생이 된 뒤엔 그의 밥주발은 거의 매일 아랫목 차지였다. 저녁식사가 끝난 뒤 아랫목에 깔아 놓은 이불 밑으로 다리를 뻗고 숙제를 하노라면, 가끔 오빠의 밥주발을 발로 차서 뚜껑이 벗겨질 때가 있었다. 그 때문에 나는 어머니로부터 야단을 듣곤 했다.

늦게 귀가한 오빠는 항상 독상을 받았다. 그 상에는 맛있는 반찬이 한두 가지 더 올려져 있었고, 저녁을 일찍 먹은 탓에 배가 꺼진 동생은 상가에 붙어 앉아 오빠가 숟가락질을 하는 데 따라 고개가 오르락내리락했다. 군침을 삼키던 동생이 애처로운 눈으로 오빠를 쳐다보며 "맛있어?" 하면, 오빠는 자신의 입으로 가져가던 숟가락을 동생의 입에 넣어 주었다.

동생은 제 손으로 숟가락을 쥔 오빠의 손을 꽉 잡고, 두 번 세 번 빈 숟가락을 빨곤 했다. 오빠는 밥이나 반찬을 일부러 남겨 놓고 상을 물렸다. 남은 음식을 보고 어머니가 정색을 하면 오빠는 배가 불러 더는 못 먹겠다고 대답했다. 미심쩍어하면서도 어머니는 오빠가 남긴 음식을 동생이 먹도록 허락했다.

초등학생인 내가 어쩌다 식사때를 지나 귀가해 보면 내 밥그릇은 아랫목에 묻어져 있지도 않았고, 따로 두었던 반찬을 놓아주지도 않았다. 밥도 반찬도 나를 위해 처음부터 따로 확보해 놓은 것은 없고, 먼저 먹은 식구들이 남긴 것이었다.

그러나 아랫목의 이불 밑에 파묻어져 있는 오빠의 밥주발은 신성불가침의 성역처럼 어머니의 의무와 사랑으로 지켜졌다. 그것은 오빠에게 자신이 이 세상 어디를 어떻게 돌아다녀도, 집안의 아랫목엔 늘상 자기를 위한 따뜻한 밥이 한 그릇 있을 거라는 확고한 믿음으로 이어졌다. 그 믿음은 오빠를 강인한 남자로 키우기보다 섬약한 남자로 만들었다.

반면에 아버지는 대를 잇는 아들에 대한 사랑보다 큰딸에 대한 사랑이 더 깊었다. 밥상머리에 식구들이 둘러앉으면, 아버지는 어머니에게 이런 말을 했다.

"보영이는 국수를 싫어하는데 밥을 따로 해주지 그랬소."

"이 담에 시집가면 싫은 것도 먹어야 하는데, 여식애를 그렇게 길러서 쓰겠어요."

이어서 이번엔 어머니가 아버지에게 말했다.

"당신은 아들을 푸대접하는 이상한 아버지예요."

"귀한 자식일수록 엄하게 키워야지 자네처럼 키워서는 애를 망칠 거요."

사실 우리 집 밥상에서는 오빠로 인해 부모님 사이에 작은 말다툼이 끊이질 않았고, 그가 서울의 대학으로 진학한 뒤엔 아들에 대한 근심걱정으로 무겁고 침울한 그늘이 드리워져 있을 때가 많았다.

그는 학생복이 있는데도 미팔군에서 흘러나온 군복과 워커를 사서 입고 다니다 헌병에게 빼앗기고, 옷과 구두를 다시 사야 하니 돈을 보내 달라는 식의 편지를 달마다 보냈다. 부모님은 농지를 하나씩 팔아 학자금을 만들어 서울로 보내 주었으나, 공부하기를 싫어하는 아들에게 대학 졸업장을 쥐어 주지는 못했다.

내가 어머니를 이해할 수 있게 된 것은, 어머니의 편애가 성격에서 기인하는 것이라는 것을 알고 나서였다. 뿐만 아니라 어머니의 성격을 가장 많이 닮은 자식이 나라는 것을 알고 놀라지 않을 수 없었다.

한 가지 일에 열정적으로 매달려 그것을 신격화하는 성격.

금년에 아흔한 살 되신 나의 어머니는 시카고에 살고 있고, 육십팔 세 된 오빠는 로스앤젤레스에 살고 있다. 어머니는 지금도 마음의 아랫목에 오빠를 위해서 밥주발을 파묻어 두고 있다.

오빠는 지금도 걸핏하면 어머니에게 전화를 걸어 아쉬운 소리를 한다고 했다. 딸들에게 그 말을 하면서 어머니는 어쩐지 자랑스러워하는 것 같았다.

영원을 산 사람

경주에서 태어난다는 것은 무엇일까.

지금도 나는 김동리 안[內]의 핵이었던 경주에 대해 깊은 그리움과 동경을 품고 있다.

경주에서 태어난다는 것, 그리고 그곳에서 성장하고, 사춘기를 보낸다는 것, 그것은 제주도나 부산, 인천, 철원에서 태어나 성장하는 것과는 전혀 다른 것이다.

어떤 지역에 태어남으로 해서 그곳이 그 사람의 고향이 되고, 그 고향과 함께 하는 기억을 아름다움의 보고로 삼게 되는 것은 어느 곳에서 태어나든지 가능한 일이다. 그러나 경주는 그곳에서 태어나는 사람들에게 그 이상의 의미를 살게 하고, 김동리의 경우엔 더욱 특별했다고 보여진다.

나는 그것을 김동리와 함께 살면서 알게 되었고, 그것을 알게 됨으로써 내 삶과 문학에서도 크나큰 변화가 일어났다.

김동리를 알기 전 나는 경주에 대해서 아무것도 모르는 문외한이었다. 중고등학교 시절 으레 가게 되는 수학여행조차 가지 않았다. 그곳에 왕릉이 있고, 불국사와 석굴암, 봉덕사종이 있다는 것, 그것은 이집트에 피라미드와 스핑크스가 있다는 것만큼이나 비현실적이었다.

김동리를 알고 난 뒤, 그분으로부터 직접 어린 시절이나 성장기에 대한 얘기를 자주 듣게 되었지만, 그 이야기 뒤엔 항상 경주의 하늘, 해, 달, 산천, 논밭, 마을, 골목길 등이 있었던 것에 나는 그다지 유의하지 않았다. 뿐만 아니라 그분의 작품들, 〈화랑의 후예〉, 〈산화〉, 〈무녀도〉, 〈황토기〉, 〈역마〉, 〈까치소리〉, 〈달〉, 〈늪〉, 〈바위〉 등을 두세 번씩 읽으면서도, 작품의 핵이라 할 수 있는 신화성, 토속성, 운명성이 경주라는 시공간으로부터 숙성되어 온 것을 깊이 깨닫지 못했다. 그 무렵 세계를 인지하는 나의 코드는 실존주의였고, 데뷔작에도 카프카와 사르트르, 카뮈의 영향이 짙게 드리워져 있었다.

그분은 신명이 많았다. 그 신명을 이야기로 풀어내는 때는 밤을 지새우기도 했다. 종교, 철학, 주역, 문학, 인생, 역사 등 화제는 무궁무진했다. 그 중에 신라에 관한 이야기를 기억하자면 이러했다.

신라에는 불교와 유교가 들어오기 전에 그들만의 고유한 종교가 있었다. 그것이 샤머니즘이다. 그 샤머니즘은 지금의 그것과 물론 다르다. 그들은 '신령'을 믿었다. 그 신령이 자연 속 어디에나 깃들어 있다고 생각했다. 그리고 인간이 그 신령스러운 것과 접할 수 있는 공간을 산으로 생각했다. 신령이 자기들의 마음에 가장 잘 감응하는 영매를 꽃으로 생각했고, 아름다움으로 생각했다. 그리하여 신을 기쁘게 하기 위해 춤을 추고 노래를 불렀다. 이를 주관하는 신관은 아름다운 여자였으나, 나중에 화랑으로 바뀌었다. 신에게 가장 어여삐 받아들여지는 정신은 화합.

그분과 함께 사는 시간이 쌓이면서 나는 막연히 깨닫게 되었다. '김동리는 특별한 사람이다. 그는 우리와 함께 오늘을 살고 있으면서도, 신령의 한 부분으로서 영원을 살고 있기도 하다.'

때때로 나는 그분이 모자를 쓰고 전지가위를 들고 뜰에 나가면 괜히 옆에 서 있곤 했다. 뜰에는 햇빛이 가득했고, 만개한 철쭉꽃이 짙은 향기를 퍼뜨리며 벌과 나비를 끌어

모으고, 다른 한편에선 짙고 푸른 잎새 사이에 몸을 감추고 하얀 꽃에서 열매로 화신(化身)한 푸른 감이 살을 찌우고 있었다.

그분은 간혹 가위로 시든 꽃대궁이를 잘라 내기도 했지만, 그것은 그저 그런 몸짓일 뿐, 무심히 철쭉꽃 앞에 한동안 서 있다가 천천히 걸음을 옮겨 모과나무 앞을 지나 감나무 아래 이르렀다. 손으로 잎사귀를 들춰 보며 그분이 문득 감탄했다. "나는 왜 이런 게 이다지도 예쁠까."

그때 나는 갑자기 의식이 환해졌다. 내 곁에 서 있는 이 사람은 보여지는 그 실체이기보다, 영원처럼 오랜 시간이며, 무엇으로든지 화(化)할 수 있는 혼령 그것이다. 잎사귀 사이에서 뾰족이 모습을 드러낸 어린 감을 바라보는 순간 그분의 혼령은 이미 감으로 화했던 것일까. '이다지도 예쁠까' 하는 그 말의 사무친 어감 속에는 이승과 저승, 유형과 무형의 경계가 사라져 있었다.

그 일이 있고 나서 나는 그분의 대표작들을 다시 찾아 읽었고, 그것이 더 나아가 그분 작품의 무대가 되는 시공간으로서의 경주에 대한 관심으로 기울어졌다. 《삼국유사》, 《풍류정신》(김범부 지음)을 읽어 보는 한편 경주에 가서 며칠씩 묵기도 했다.

그러나 내가, 그분이 경주에 태어났다는 사실이 왜 그토록이나 의미심장한가를 깨닫게 된 것은 1994년 10월 중순쯤이었다. 그분이 병환으로 5년째 누워 계실 때였다. 깊은 슬픔에 잠겨 경주를 찾게 된 나는 코오롱 호텔의 어느 방에 숙소를 정했다. 시름에 잠겨 방 안에 들어앉아 꼼짝도 안 했다.

그저 멍하니 창밖을 내다보고만 있었다. 그 창에서 내다보는 곳에는 그다지 높지 않은, 그러나 산자락은 아주 풍만해서 한 마을이 그 기슭에 옹기종기 안기어 있었다. 마을은 석양빛에 젖어 치잣빛으로 물들어 있었고, 간혹 개들이 집밖으로 나와 줄레줄레 다니다가 제집으로 돌아가는가 하면, 들에서 일을 마친 농부가 손수레를 끌며 집으로 돌아가는 등, 처음에는 사람의 그림자 하나 눈에 띄지 않았으나, 오래 지켜보는 동안, 그 마을의 생활이 읽혀지는 움직임들이 곳곳에서 눈에 띄었다.

그러던 어느 결에 나는 마을의 한구석에 있는 석탑을 발견했다. 그 석탑은 시에서 보호 지정한 유물인 듯, 녹색 페인트칠이 된 철책으로 둘러싸여 있었고, 탑을 둘러싼 빈 공간에는 잔디가 가꾸어져 있었다. 그 탑으로 해서 '아, 여기가 정말 경주로구나.' 하고 느낄 즈음, 동네 아이들 너덧 명이 철책을 넘어 잔디밭으로 들어가더니 공을 차며 놀았다.

아이들이 석탑 앞에서 뛰어노는 것을 한동안 지켜보노라니, 이런 생각이 스쳐 갔다. 경주에서 태어나면 사람이 숨을 쉴 때 저절로 신라의 시간에서부터 오늘로 이어지는 긴 시간을 숨쉬게 되고, 집 안에 있는 장롱이나 밥상을 대하게 되듯이, 석굴암, 불국사, 다보탑, 석가탑을 보면서 살게 되는구나.

그러고도 나는 계속 그 아이들이 뛰어노는 것을 바라보았다. 그러는 동안 나도 모르게 마음에서 슬픔이 가라앉았고, 그곳에서 뛰어노는 아이들 중에는, 어린 김동리가 있는 것 같기도 했고, 뛰어노는 아이는 나인데, 그분이 방에서 나를 지켜보고 있는 듯도 했고, 그것조차 희미해진 뒤에는 어떤 오랜 시간과 오랜 산과 들, 하늘만 있을 뿐이었다.

'오래다'는 것, 그것을 몸으로 마음으로 흠뻑 느낀 그 사실이, 어째서 그토록 위안이 되었는지는 모르겠다.

어쨌든 나는 김동리를 통해서, 사람이 경주에 태어난다는 것이 무엇인지 어렴풋이나마 알게 된 것 같다.

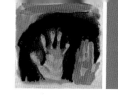

묵상 선생님

교정의 개나리가 노리끼리한 새순을 틔울 즈음이었다.

풀 먹인 하얀 깃이 달린 감색 교복을 입고 입학식을 치르긴 했으나, 우리는 아직도 유년의 산만함과 악동티를 벗지 못한 상태였다. 노는 시간 동안 오자미를 집어던지고 칠판에 낙서를 하고 교실 바닥을 쿵쾅거리며 뛰놀던 헐떡거림이 채 진정되지 않아 수업은 언제나 반쯤 웅얼거리는 소란 속에서 치러졌다.

입학 후 네 번째 맞는 영어시간이었다. 알파벳을 가르치던 멋쟁이 총각 선생님 대신, 자그마하고 깡마른 체구에 우스꽝스런 옷차림의 늙수그레한 아주머니가 출석부를 끼고

217

교실 문턱을 넘어섰다. 눈을 커다랗게 뜨고 잠시 잠잠하던 아이들이 그녀가 교단에 올라서자 대뜸 조롱기 섞인 귓속말을 주고받았다. 사실 그녀의 키는 너무 작아 교탁 위로 얼굴만 간신히 내놓고 있는 형국이었고, 검은 면양말에 짙은 황토색 치마 저고리에다 쪽을 찐 모습은 흡사 전도부인 같았으며, 불거진 광대뼈 사이에 눈두덩이 소복한 두 눈은 울고 난 사람처럼 벌겋게 충혈되어 있었다. 갑자기 나직한 음성이 우리를 움찔하게 했다.

"묵상!" 그것은 또한 너무 나직하여 우리를 어리둥절하게 만들었다. 얼떨결에 우리는 그녀가 하는 대로 고개를 숙이고 눈을 감았다. 잠시 후 "바로!" 하고 났을 때, 아이들은 느닷없이 기습을 당한 것이 억울하다는 듯, 그리고 아주 이색적인 방법으로 자신들을 통솔하려는 그 선생님에 대한 맹목적인 반발로 한층 소란을 떨었다. 이제 곧 출석부로 교탁을 치며 성마른 호령이 떨어지든가, 누군가 대표로 끌려나가 벌을 받게 되든가 할 참이었다.

그런데 그게 아니었다. 출석부 위에 모은 양손을 깍지 낀 채 우리를 조용히 내려다보고 있는 그 나이 많은 여선생님의 빨간 눈알이 한층 붉어지는 듯싶더니 눈물이 핑그르 돌았다. (지금 생각하면 그 눈물은 무언의 절절한 호소였다.

218

이것들아, 언제까지 철부지 악동으로 남아 있을 거냐. 어서 커서 세상을 바로 봐야지, 하는 듯한…)

하지만 그녀의 깊은 심중을 헤아릴 줄 몰랐던 우리는, 선생님을 울렸으므로 우리 위에 군림하려는 힘 하나를 넘어뜨렸다는 그릇된 승리감에 사로잡혔다.

그후 영어시간은 노는 시간의 연장이었고, 영어 선생님은 우리의 짓궂은 장난기를 한껏 만족시켜 주는 가장 만만한 놀림감이었다. 그녀가 지닌, 우리에게 대항하는 유일한 무기인 "묵상!", 그것은 그야말로 솜으로 만든 회초리에 지나지 않았다. 공부에 임하기 전에 산만한 마음을 가다듬으려고 '묵상'을 진지하게 하는 것은 정작 그녀 자신뿐이었다.

교정이나 복도에서 그녀와 마주치면 우리는 더 많은 시선을 의식해 더욱 무례하게 그녀를 놀려댔다. 스승을 놀려대는 그 대담성은 그녀가 어른들의 세계, 동료들의 세계에서도 외롭게 소외되고 따돌림받는 처지라는 것을 눈치 챘기 때문이었다.

어느 날이었다. 여느 때보다 "묵상"과 "바로" 사이의 시간이 길고 진지했음에도 수업 분위기는 거의 시장바닥이나 다름없었다. 토요일의 마지막 수업은 호랑이처럼 무서운 남자 선생님의 시간이라 해도 조금쯤 흐트러지게 마련이었다.

선생님이 칠판에 써 내려가고 있는 알파벳 필기체를 노트에 베끼고 있는 학생은 거의 없을 지경이었다. 난데없이 교장 선생님이 교실로 불쑥 들어선 것은 바로 그때였다. 교장 선생님의 단 한마디 호통에 교실은 쥐 죽은 듯 조용해졌다. 공부를 하다 말고 우리는 운동장으로 불려 나가 교장 선생님이 지켜보는 가운데 운동장을 삼십 바퀴나 뛰었다.

우리로 인해 무능한 교사로 낙인이 찍혀 버린 영어 선생님에게 어떤 문책이 내려졌는지를 우리가 알게 된 것은 그로부터 한 달쯤 뒤였다. 그녀는 강원도 벽지 학교로 전출되었다.

그녀가 떠나고 나서 우리는 그녀의 사사로운 신상에 관한 이런저런 소문과 접했다. 나이 오십 고개를 바라보는 처지인데도 아직 미혼이며, 고아가 된 일곱 살짜리 조카를 부양하고 있으며, 가난한 연인을 힘들여 공부시킨 뒤 버림받고 병을 얻어 죽을 고비를 몇 차례나 넘겼으며, 세 들어 살고 있는 단칸방에 찾아가 봤더니 밥해 먹는 냄비와 이불 한 돼기뿐이더라는, 등등의 얘기였다.

그뒤 우리는 조금만 잘못해도 여지없이 벌을 세우는 무서운 선생님을 만나 빠른 속도로 영어를 습득하게 되었으나, 그것은 결코 그의 공로가 아니었다.

금방 울어 버릴 것처럼 항시 눈알이 빨간 그녀가 여전히 우리의 어깨를 움켜쥐고 안타깝게 흔들어 대고 있는 듯한 보이지 않는 손길, 그 무언의 절절한 호소가 마침내 우리의 유치한 유년의 껍질을 깨뜨려 버렸기 때문이었다.

우리는 철이 들기 시작했다. 그 사이 교정의 개나리꽃이 노오란 꽃망울을 틔워 세상을 환하게 밝히고 있었다.

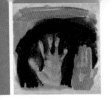

그대, 어디로 가고 있는가

군이 작가냄새라는 것이 있다면, 김지원에겐 영혼에도 마음에도 몸가짐에도 전혀 그 냄새가 배어 있지 않다.

외모로 보면, 지원은 이집트나 아라비아 왕궁의 하렘에서 본 듯한 인상이다. 왕에게 지목을 받아서 화장을 했는데, 썩 요염하지는 않고, 좀 요염한 듯만 하다고 할까. 얼굴을 반쯤 가린 긴 파마머리와 짙은 빛깔의 입술연지, 그것이 요염의 정체라기엔…. 그 좀이란 것이 은근히 육감적이다.

김지원의 옷에서는 옷을 만든 사람이 본래 의도한 선이 모두 흐트러져 버리고, 선도 아무것도 아닌 이상한 엉성함으로 변형되어 있다. 뒤꿈치가 없는 샌들식 높은 구두에, 속치마인지 겉치마인지 모를 풍덩한 치마, 깃을 안으로 말아서 감추어 버리고 브이네크만 덩그러니 살린 투피스 윗도리, 도무지 그렇게 입도록 만든 그 사람의 취향이 잡히지 않는 옷차림이다.

만약 세계 유명 디자이너가 만든 옷을 그녀에게 입으라고 강요한다면, 그녀는 우선 라벨부터 떼어 내고, 멋스럽게 들어올린 어깨는 주저앉히고, 반짝이는 단추나 벨트를 모두 없애 버린 뒤에나, 그것도 아주 어색해 하며 간신히 입을 것 같다.

어린 시절, 어머니인 최정희 선생님은 큰딸을 두고, "아란아, 이 바보야, 네가 공부까지 못하면 어쩔 뻔했니." 하시면서 늘 마음을 애태우셨다고 한다. '오밤중'이라는 별명을 감수해야 했던 최정희 선생님 눈에마저 '바보'로 보인다면, 그것은 그저 애틋한 마음뿐인 어머니 눈에 비친 '바보'가 아닐 것이다.

창밖의 나무들이 휘청거리기만 해도 "바람 불어, 바람 불어." 하면서 울던 아이. 나이 들어서도 세상이 여전히 두렵고 감당할 수 없을 만큼 벅차기만한 어른. 다른 사람들이 너무나 당연시하는 일조차 감당치 못해 벅차하는 어른.

모자를 쓰고 외출했던 어느 날, 바람이 모자를 휘감아 날려 보냈다. 어떤 사람이 그 모자를 주워서 가져가 버리는 것을 보고도, 그녀는 오히려 자신이 어쩔 줄 몰라 했다. "그거 내 모잔데 주세요."라고 말하기가 너무 벅차서, 자기 모자를 남이 가져가 버리는 것을 그저 지켜볼밖에 없었다.

그런가 하면, 《음악동아》에 음악인 인터뷰를 연재하고 있을 때였다. 원고료는 이십만 원이었고 온라인으로 송금되었다. 그런데 어느 달인지 착오로 '0'이 하나 떨어져 나가 이만 원이 부쳐져 왔다. 당연히 《음악동아》에 전화를 해서 착오를 고쳐 달라고 하면 될 텐데, 그녀는 또한 그 말을 하기가 미안하고 벅차서, 자신이 손해를 감수하는 쪽을 택했다. 자기 수입원의 전부인 그 고료를.

지원은 남들이 지니지 않은 물건을 자신만이 지니게 되면, 그것도 미안하고 벅차서 감당치 못했다. 남편이 결혼기념으로 준 반지, 그가 월남전을 취재하러 가서 사온 반지나 브로치 같은 고가의 선물들도 예외는 아니었다. 그녀는 그것들을 자신이 간직하기가 힘겨워, 어머니나 동생한테 주었다. 그런데 어머니는 그 반지를 아무렇지 않게 받아서 끼고 있다가, 화투를 하면서 돈이 모자라게 되자, 그 중의 한 사람에게 그만 팔아 버렸다.

모자도 원고료도 반지도 자기 것이었던 것조차 자기 몫으로 챙기지 못한 그녀의 주변엔 아무것도 없었다. 이제까지 그래 왔고, 앞으로도 그럴 것이다. 세상을 딛고 서 있는 두 발, 그 두 발로 걸어다니며 남기는 발자국만으로 '있으려' 하는 사람.

2년 전 그녀는 아주 눌러앉을 생각으로 한국에 돌아왔다. 그녀의 거처는 어머니가 사셨던 정릉 산장아파트 가동 904호. 생전에 어머니가 꾸며 놓으셨던 집 그대로 보존해 두고, 그녀는 떠나기 전까지 그곳에서 자기 물건 하나 없이 글 쓰는 노트 한 권만 옆에 둔 채, 소리 없이 있다가, 소리 없이 훌쩍 뉴욕으로 돌아갔다.

채원이 말했다. "언니가, 라디오 두 대를 켜 놓고 들으니 음악이 스테레오로 들린다고 좋아해서, 그저 그런가 보다 했지. 떠난 뒤에 보니까, 그 라디오는 엄마가 듣던 고물이었어. 망가질 대로 망가져서 잡음이 심했어. 라디오 하나 변변한 것 없이 지냈던 거야."

30대 초, 그녀는 남편과 함께 아들 둘을 데리고 뉴욕으로 이민 갔다. 이제 그때의 아들 둘은 장성하여 멋진 청년이 되어 있고, 남편이었던 사람은 남남으로 갈라섰다. 화투를 광적으로 좋아했던 어머니와 그 연배의 유명한 어머니 친구들도 모두 타계했다.

뉴욕과 서울을 오락가락해 온 그녀, 돌아올 때나 돌아간 뒤에나 아무런 자국이 없음에도, 주위 사람들은 느끼게 된다. 그녀가 쓱쓱 어디론가 가고 있다는 것을. 아니다, 그녀가 가고 있다기보다, 점점 자신을 비워서 피리같이 되어 가는 그녀를, 아들이, 남편이, 어머니가, 세상이 지나가며 '그녀'라는 피리 소리를 자아내고 있는지도 모른다.

여럿이 앉아 있을 때, 함께 한 사람들이 누구이든 간에 지원은 가장 편안한 자리에 자기 마음을 내려놓는다. 그녀가 웃는 웃음, 그녀가 하는 말은 대화 속에 끼어들기 위해서라기보다, 가만히, 편안히 앉아 있는 그녀를 통과해서 지나가는 세상의 소리들인 것이다. 그래서 그녀의 화법은 언제나, "어떤 책에서 봤는데…" 또는 "최 박사가, 승옥이가, 인호가, 그러는데…"로 시작해서 "그랬다지."로 끝을 맺는다.

칠면조가 우는 소리와 흡사한 그녀의 웃음소리는 대화의 흐름과 상관없이 좌중에다 웃음의 이랑을 만들어 간다. 조금도 우습지 않은 일이 그녀를 웃게 하고, 조금도 감격스러울 게 없는 사소한 일이 그녀를 너무도 감격스럽게 한다.

최근에 그녀가 발표해 온 소설들, 〈사랑의 예감〉이나 〈집〉 같은 작품들도 자세히 읽어 보면, 그녀라는 피리를 통해 세상이 지나가는 소리들인 것이다. 소설 속에 등장하는 인물

227

들은 자기의 캐릭터로 존재한다기보다, 보고 들은 세상이야 기들을 자기를 통해 흘려 보낸다. 그 흘려 보내는 소리들이 깜짝 놀라게 투명하고 아름답고 유현하고 신비롭다.

"…그 사람 보니까 좋은 사람이더라구. 자연에 미친 사람 이더라. 한번은 해변에 나가서 혼자 잤는데 그 넓은 천지에 사람이라고는 자기 혼자인데 하나도 안 무섭더래. 그런데 너무 이상한 경험을 했더라구. 바람 하나 안 부는 고요한 밤 인데 잠든 몸이 공중으로 날아올라가 파도 속에 두 번씩이 나 떨어졌대. 신기하잖아? 사람 몸이 이렇게 무거운 건데 말 야. 그때마다 릭은 도로 헤엄쳐 나와서 젖은 옷 채로 해변에 서 잤는데 그렇게 기분이 좋더래. 무섭지가 않고."

그녀가 이렇게 자신을 텅 빈 피리로 만들어 온 과정을 옆 에서 지켜본 친구들은, "그래, 지원아 더 많이 그리워하고, 충분히 아파라."고 말하는 것이 결코 잔인한 일이 아님을 알 게 되었다.

오! 수정
— 중요한 것은 자기 진실 앞에 정직해지는 것이다

내게 돌을 던져라, 맞겠다.

오래전의 일이었다. 재색을 겸비하고 출판하는 책마다 베스트셀러가 되어, 인기 정상에 올라 있던 한 여성작가가 간통죄로 피소되었다. 그녀와 상대남은 구속되어 법정에 섰다.

그때도 물론 매스컴은 곱지 않은 시선으로 그 사건을 크게 보도했고, 그것은 그녀가 평소에 누려 온 인기의 반대급부로서, 아프지만 끌어안아야 할 자기 몫이었다.

삶에 대한 성찰이 깊지 못한 일반대중은 한 목소리로 "당신 같은 사회 지도층 인사가 무엇이 부족하여 남의 남편을 넘보는가."라고 질책하는 분위기였다.

그러나 삶의 진실을 규명하는 소명을 작가정신으로 알고
있었던 문단의 후배·동료들은, 간통죄가 사실로 드러난다
하더라도 그녀의 연애사건에 대해 일단 이해할 수 있다는
암묵적 분위기였다. 사실 정염의 화살이 스스로 눈을 가지
지 않은 바에야, 날아가 꽂힐 가슴이 기혼인지 미혼인지를
어찌 미리 구분하겠는가.

　또한 거친 삶의 심해(深海)에 함께 발을 담그고 허우적거
리는 인생 동기로서, 이런저런 덫이 얼마든지 우리를 함정
에 빠뜨릴 수 있는 마당에, 누가 누구를 검다고 흉볼 수 있
겠는가.

　때문에 문단의 후배·동료들은 그녀가 모든 것을 잃을 수
도 있는 상황을 맞아, 자기 진실 앞에 어떤 자세로 임할 것
인지, 그것이 더 궁금했다.

　검찰의 심문에 대한 그녀의 답변은 현장에 누구보다 먼저
달려가 사실보도에 힘쓰는 기자들의 열심으로 신문지상에
낱낱이 공개되었다.

　상대남의 부인이 현장에서 포착한 증거들을 제시함에도,
그녀의 답변은 한사코 "아니오."로 일관했다. 하지만 그녀의
대답은 누구에게도 진실로 들리지 않았다. 그녀의 입에서
한 번씩 "아니오."라는 대답이 나올 때마다 그녀는 점점 더

구차해 보였다.

어쨌든, 그녀의 거짓말은 법의 올가미와 대중의 무자비한 질타로부터 자신을 보호할 수 있게 했지만, 자기 삶의 진실의 자리를 회피함으로써 '자기를 속인 사람'으로 기억되었다. 문단의 후배·동료들은 그녀의 손목에 설사 수갑이 채워진다 하더라도 죄인된 그녀 속에서 자기 삶을 창조적 의지로 헤쳐 나가는 자유인이 우뚝 일어서기를 기대했었다.

그것은 아마도, '우리가 진실로 지켜야 할 것'이 무엇인지를 깊이 성찰하게 하는 하나의 일화를 알고 있었기 때문일 것이다.

시대의 부조리를 삶으로 항거하며, 필생의 역작 장시집(長詩集) 《칸토스》를 남긴 에즈라 파운드(Ezra Pound)의 역동적 인생 편린 중의 한 토막.

2차 세계대전 당시 이탈리아에 머물고 있었던 파운드는, 무솔리니의 파시즘을 옹호하고 반미 방송을 주도한 죄로 피사의 감옥에 투옥되었다가 미국으로 이송되어 재판을 받았다. 그의 죄는 반역죄였다. 그가 자신의 고국인 미국에 대해 반미감정을 품게 된 것은, 2차 대전을 경제전쟁으로 파악하는 시각 때문이었다. 그리고 그 전쟁의 동기는 미국 유대인의 국제적 고리대금업에 있다고 생각했다.

재판에서 그는 사형을 언도받을 수도 있는 상황에서, 자기 죄를 조금도 부인하지 않았고, 여전히 반유대주의 감정을 속임없이 드러냈다. 법이 자신의 목에 밧줄을 옭아매는 한이 있어도, 민족주의자들이 자신의 노작에 재를 뿌리며 조롱하는 일이 벌어질지라도, 그는 자기 마음의 진실로부터 한 치도 물러설 생각이 없었던 것이다.

보다 못한 문우들— 아치볼드 맥클리시, 로버트 프로스트, 어니스트 헤밍웨이, T. S. 엘리엇 등이 나서서, 거짓 증언을 함으로써 졸지에 정신병자가 되어 사형을 면하게 되었다. 그는 13년 동안 정신병원에 수감되어 있었다. 수감 중에도 근신하는 태도를 보이기는커녕, 세계에 흩어져 있는 문우들을 병동 안으로 끌어 모아 요란한 파티를 열어 병원 관계자들을 난감하게 했다.

인간의 모든 문제는 삶의 문제이다. 삶이란 항상 과정이며 진행 중의 거대한 시간이다. 과정으로서의 삶에서는 절대악도 절대선도 없다. 오늘의 악은 시간의 변전 속에서 내일의 선으로 바뀔 수 있는 것이 인생이다.

파운드가 국가권력의 서슬 푸른 단죄에도 당당하게 자기 자신을 지켜 낼 수 있었던 것은, 그가 거대시간을 사는 자유인이었기 때문이다.

그 자신은 움직이지 않으면서도 모든 것을 자신의 고
요함에로 끌어들이고,

　기쁨을 추구하고자 하지도 않으며

　자신의 크기를

　증명하고자 하지도 않는다

— 파운드의 시, 〈칸토 XXXVI〉 중에서

　위대한 개인은 다만 현재 또 현재의 절대시간을 살 뿐인
것이다. 그 절대시간 속에서 인간이 추구할 만한 가치 있는
것은 진실뿐이다.

　마약은 절대악이 아니다.

　지난 11월 13일 도하 각 일간지들은 히로뽕 투여 혐의로
구속영장이 발부된 한 여자 탤런트에 대한 기사를 앞다투어
보도했다. 이 기사들은 하나같이 사실보도 수준을 넘어, 그
탤런트가 청순한 이미지로 대중을 속여 온 것처럼 매도하
고, '충격', '분노', '배신' 등의 표현을 써서 강한 적의를 드
러냈다.

　일부 언론에서는 그 탤런트의 미확인된 사생활까지 폭로
하며 독자들의 비이성적 뭇매를 유도하는 분위기까지 풍겼

다. 거기다 공중파 방송들도 일제히 가세하여, 수의 차림의 그 여성이 수감되는 장면을 9시 뉴스 시간에 여과 없이 방영했다.

하지만 '드러난 것'은 한 탤런트의 히로뽕 투여 혐의 사실만이 아니었다. 매스컴 종사자들의 몰염치한 인권유린적 보도 행태와, 혐의뿐인 피의자를 죄인시하는 검찰의 강압적이고 권위주의적 수사, 선동적인 기사에 쉽게 부화뇌동하는 대중의 참을 수 없이 가벼운 입(말들)은 정작 한 여성의 히로뽕 투여 혐의보다 더 심각한 죄악으로 보였다.

양식 있는 시청자들이 보기엔, 유죄판결이 나지 않은 혐의자에게 수의를 입힌 것이 의아했으며, 이리떼처럼 달려들어 밀치고 당기며 플래시를 터뜨리는 기자들의 입에서 터져나온 경멸조의 반말이 더 충격적이었다.

황수정은 재판결과에 따라 그 혐의를 벗을 수도 있고, 혐의가 사실로 인정되어 처벌을 받는다 하더라도, 본인이 마음먹기에 따라선, 그 시련을 자기 성숙의 약으로 삼아 거듭 태어날 수도 있다.

그러나 보도를 빌미로, 사건 속의 인물들을 무자비하게 희생양으로 삼고 있는 제도언론의 횡포에 누가 제동을 걸 것인가.

너그럽게 보자면, 한 탤런트가 자기 연인과 함께 내실 깊숙한 곳에서 두세 번 마약을 투여했다고 해서, 그게 무슨 천인공노할 죄라도 된단 말인가. 이 나라가 그 구성원의 행동 하나하나에 도덕적 잣대를 들이댈 만큼 부패도 부정도 범죄도 없는 깨끗한 나라인가.

밤이면 연예인들을 술자리로 불러내어 엽기적 행태를 서슴지 않는 것은 누구이고, 덫에 걸려들기 무섭게 몰매를 치며 질타하는 것은 누구인가. 탤런트의 연기로 그 사람을 인정하기보다는, 극중인물의 이미지를 실제인물과 혼동하여 멋대로 인기몰이를 해온 사람들은 또 누구란 말인가.

황수정이 성숙한 인간으로서, 또 연기자로서 새출발하기 위해서 필히 짚어야 하는 것은 바로 이 점에 있다. 그녀가 지금까지 누려온 인기는 엄밀히 말해 자기의 것이 아니었다. 드라마 〈허준〉 속에서 '예진 아씨'라는 인물의 캐릭터를 만들어 낸 작가의 몫이었다.

백화점과 화장품과 건설사의 광고 모델이 되어, 그녀가 벌어들인 돈도 기업에서 그 이미지를 차용하는 대가였다. 그녀는 그저 그 이미지의 옷걸이가 되어 주었을 뿐이었다. 그녀는 연기와 무관하게 자기에게 쏟아졌던 대중의 관심을 당의정처럼 받아 마신 실수를 뼈아프게 후회해야 한다.

연기자든, 가수든, 언젠가는 인기의 정상에서 내려와야 하는 구차스런 두려움 때문에 마약에 손을 댈 것이 아니라, 자기 노래, 자기 연기를 위해 자신의 목숨을 번제로 드릴 각오가 있을 때만 악마와 결탁할 일이다. 이때의 결탁은 인류에게 헌정되는 도전과 자유의 시가 될 것이다.

　바로 그런 시가 보들레르에 의해 씌어진 〈인공의 천국〉이다. '아시슈의 시― 신인(神人)'의 장에는 다음과 같이 마약이 불러일으키는 환각상태를 묘사해 놓고 있다.

　천장에 그려진 그림은, 정교하건 시시하건, 또는 심지어 졸렬한 것이라 할지라도 무시무시한 생기를 띠게 될 것이다. 주막집 벽에 발라진 다시없이 보잘것없는 벽지의 그림도 호화로운 투시화처럼 입체적으로 보일 것이며, 찬란한 육체를 가진 님프들은 하늘이며 물보다도 더 깊고 맑은 커다란 눈으로 여러분을 바라보고, 선의 굴곡이 실로 명백한 말이 되어, 거기에 여러분은 넋의 동요와 욕망을 들여다보게 된다. 그러는 동안에도 이 신비롭고 변하기 쉬운 정신상태는 발전을 거듭하며, 비록 눈앞의 광경이 아무리 진부한 것이라 할지라도, 가지가지의 문제로 가득찬 삶의 깊이가 그 광경 속에 고스란히 투영

되어 나타난다. …아시슈는 모든 삶 위에 마술적인 와니스처럼 퍼져 가고, 엄숙하게 그것을 물들이고, 그 모든 깊이를 밝혀 준다. …선율 하나하나의 움직임이 여러분의 넋이 느낀 움직임을 나타내고, 소리 하나하나가 말로 변하고, 시정(詩情)은 송두리째 생명을 가진 경전처럼 여러분의 머릿속에 들어온다.

오랫동안 아편이나 아시슈에 탐닉한 나머지, 그것을 사용하지 않고는 못 배기는 습관 탓으로 쇠약해졌음에도 불구하고, 거기서 해방되는 데 필요한 기운을 발견할 수 있었던 사람은 나에겐 탈옥수처럼 보인다. 그러한 사람은, 언제나 조심스럽게 유혹을 피하고, 한 번도 잘못을 저지르지 않은 신중한 사람보다도 나에게 더 많은 감탄을 자아낸다.

나는 이 글의 마지막 장에서, 이 위험하고도 감미로운 훈련에 의해서 빚어지는 정신적 피해를 규명하고 분석할 참이다. 가벼운 상처밖에 안 받고 이 싸움에서 돌아올 수 있는 사람은, 변화무쌍한 프로메테우스의 동굴에서 빠져나온 용사나 지옥의 정복자 오르페밖에 없을 것

이다. 이러한 흥분성의 독약은 '악마'가 한심스런 인간을 잡아다가 노예로 만들기 위해 구사하는 가장 무섭고 가장 확실한 수단일 뿐만 아니라, 그 악마가 가장 완전히 둔갑한 모양의 하나라고까지 생각된다.

이쯤 되면, 보들레르 이후 마약의 바다로 항해를 떠날 또 다른 율리시즈는 더 이상 필요하지 않을 듯싶다.

얼마 전 팝계의 슈퍼스타 마돈나는, 터너예술상의 시상자로 런던 갤러리 시상식장에 나타났다. 터너예술상은 전위작품을 대상으로 수상작을 뽑아 시상해 왔다. 그녀는 올해의 수상자 마틴 크리드에게 상금과 상장을 수여하는 도중, 욕설을 해서 생중계를 하고 있던 TV 채널 4번이 긴급 사과문을 내보냈다고 한다.

그녀는 "최고의 예술가에 대한 시상식이 다소 이상하다. 형식적인 잣대로 예술의 진실함을 평가하려 할 때마다 내가 얘기하고 싶은 건 (욕설), 모든 작품들이 승자란 것이다. 최고의 무엇이란 없다. 단지 의견만 있을 뿐이다. 개인적으로 시상식이란 것 자체가 우습다."고 말했다.

이번 황수정 사건은, 탤런트에게서 연기보다는 외모를 취하고, 외모를 취한 뒤엔 고작 술자리에 불러내어 술시중을 들게 하는 우리 사회가 만들어 낸 치졸한 개그이다.

우리는 그녀가 법정에서 자기에게 씌워진 혐의를 벗겨 내기 위해 구차한 거짓말을 하는 것을 보고 싶지 않다. 자기 진실의 자리에 정직하게 서서, 자기를 비웃고 조롱하는 사람들 모두가 두 얼굴을 가진 위선자라는 것을, 고발해 주기 바란다. 욕설도 좋다.

하지만 그녀에게서 과연 마돈나 같은 슈퍼스타의 면모를 기대할 수 있을지?

만년 문학청년 李 모씨

가벼운 헛기침 소리에 고개를 들어보면 그는 이미 편집실 문턱에 서 있었다. 하얗게 센 상고머리에 후줄그레한 바지, 회색빛 점퍼 그리고 검은 운동화를 신고 있는 모습이 별반 달라진 게 없었다.

뭐라고 알아들을 수 없는 말을 혼자 중얼거리지만 않는다면, 그를 첫눈에 이상한 사람으로 봐야 할 이유는 없었다. 아무튼 잡지사의 많은 문들이 면전에서 그를 거부했을 것이다. 많은 문 앞에서 그는 발길을 되돌려야 했을 것이다.

그래서 그는 누가 자기를 가로막기 전에 소리 없이, 재빠르게 문 안으로 들어서는 법을 터득하고 있는 듯했다.

그뿐이었다. 누구도 그에게 인사를 건네는 사람이 없었다. 더 이상 눈길을 주지도 않았다. 의자를 권하는 사람이 없었기 때문에, 그는 눈치를 봐 가며 스스로 의자를 끌어당겨 앉을 수밖에 없었다.

그가 옆구리에 끼고 있던 누런 봉투가 부스럭거리는 소리를 냈다. 편집실 사람들의 갑작스럽고도 부자연스런 침묵 때문에 그 소리는 유난히 크게 들렸다.

"주간님 안에 계신가요?"

대답은 이미 정해져 있음에도, 편집장은 그 뻔한 거짓말이 스스로 민망스러워, 과연 주간님이 안에 계신지 아닌지 알아보는 체했다. 안채를 살피려면 창문 밖으로 몸을 내밀어야 했다. 댓돌 위엔 반짝거리는 검정 구두가 가지런히 놓여 있었다.

"안 계신데요."

"오시면 이것 좀 전해 주세요."

그가 내미는 것은 나무판때기에 조잡한 솜씨로 그린 물레방아였다. 시골의 이발소에서 본 듯한 그런 그림.

편집장은 그 그림을 자기 책상 뒤에 놓여 있는 철함 맨 아랫서랍 속에 집어넣었다. 그것은 결코 주간에게 전해지지 않을 것이다. 거기엔 이미, 그가 올 때마다 부탁했지만 한 번도 전해지지 않은 편지, 메모, 시 원고, 너절한 잡기장 같은 것들이 수북이 쌓여 있었다.

"주간님한테 광고를 얻어 드린다고 했어요. 공화당의 김 모씨가 내 매형 친구거든요. 지난번에 찾아갔더니 참 친절하게 대해 줍디다. 좋은 중국차도 얻어먹었어요…"

밑도 끝도 없이 시작된 그의 말은 아무도 듣는 사람 없이 계속… 지금도 계속… 내일도 계속….

그가 기억의 추에 매달려 내 마음의 메커니즘을 두드릴 때마다 나는 슬퍼진다. 그것이 그때 내 최선의 행동이었나?

문
　
학
　
Black

안간힘의 연대기

절대를 찾아가는 순례

자화상— '나' 라는 미궁

무엇이 작가의 글쓰기를 막으랴

안간힘의 연대기

—〈사다리가 놓인 창〉을 쓸 무렵

내 소설 속에 20대의 주인공이 등장한 것은, 40대 중반 이후에 쓴 〈사다리가 놓인 창〉이 처음이었다.

삶이 안겨 주는 굴욕스러움 앞에 결코 무릎을 꿇지 않겠다고 버티다가, 마침내 사다리를 타고 오르내려야 하는 다락방까지 밀려 올라가는 주인공 정애. 그녀의 치기 어린 자존심, 갓 스물이란 꽃다운 젊음— 그것은 사십이 훨씬 넘어 두 번이나 결혼한 경력이 있는 남자와 얼떨결에 결혼을 해서, 맵디매운 현실에 호되게 질타당하고 있던 내 자신의 삶과는 너무도 거리가 먼 시점의 인물이자 소재였다.

그 무렵 나는 아무에게도 알리지 않고 결혼식을 올린 뒤

남의 집, 남의 살림살이 속에 겁없이 뛰어든 참이었다. 전 부인의 체취가 묻어 있는 가재도구에, 전 부인의 장례식 때 썼던 조화(弔花)가 그대로 있고, 영정이 모셔져 있어 항시 향불이 타오르는 방에서 내 결혼 생활이 시작되었다.

나를 결혼까지 밀고 간 것은 긴 세월에 걸친 사랑이었으나, 결혼이 나에게 펼쳐 보이는 것은 무자비한 현실, 구차하고 때로는 굴욕스럽기 짝이 없는 고달픈 일상이었다. 오직 나만의 남자인 줄 알았던 사람이 얼마 전까지도 남의 남편이었고, 많은 자손들을 거느린 할아버지 · 아버지이고, 많은 친척들과 제자들에게 둘러싸인 사람이라는 사실을, 하루하루 생활 속에서 구체적으로 깨우쳐야 하는 것이 나의 결혼 생활이었다.

도대체, 내 나이의 중년 여성들에게 아이를 낳게 하고, 시부모님을 공경하게 하고, 제사를 모시게 하고, 남편의 승진을 애타게 기다리게 만들었던 그 세월이 어디에 숨어 있다가 이토록 갑자기, 너무나 낯설게 한꺼번에 들이닥친 것일까. 거기엔 어리광을 부리거나, 떼를 쓰거나, 눈물을 보이거나, 빈틈을 내보일 여지가 조금치도 없었다. 오직 내 나이만큼의 똑부러진 몸가짐으로 남의 아내로서의 역할과 책임을 숨가쁘게, 묵묵히 치러 내야 하는 일만 있을 뿐이었다. 삶이 비로소 두려워지기 시작했다.

결혼한 지 일 년 만에 내 살림살이, 내 추억이 배어 있는 가재도구를 들여놓을 수 있는 공간을 가지게 되었다. 그 방은 서향으로 창이 열려 있었고, 담쟁이덩굴이 창문 위에 커튼처럼 늘어져 있었다. 서투른 주부의 흉내에 지친 몸과 마음을 의자에 내맡기고 멍하니 앉아 있노라면, 석양이 방 안 깊숙이 눈부시게 쏟아져 들어왔다. 그때 밑도 끝도 없이, '오호라, 이제 보니 이 세상 모든 아내들이 이런 안간힘을 감춘 채 살아가고 있었구나.' 하는 생각이 스쳐 갔다.

글을 쓴답시고 일찍이 등을 돌려 버린 '너절하고 무의미한 일상', '세속적 삶'. 하인들이 대신 살아 주거나, 사과 하나 커피 한 잔으로 때워서 건너뛸 수 있는 것으로 여겼던 일상으로부터 나는 호되게 복수를 당하고 있었다. 보다 치열하고 열렬한 삶의 순도를 추구하기 위해선 마땅히 걸러져야 한다고 여겼던 일상이 나를 향해 무섭게 달려들었다. 비로소 그것이 얼마나 어렵게 하루하루 버팅겨지는가를 실감하게 되었던 것이다.

안간힘. 삶이 안겨 주는 굴욕스러움에도 불구하고 굴욕스러움까지도 끌어안는 정직한 용기. 어째서 나는 이제야 그 용기에 눈뜨게 되었을까. 아프고 부끄러운 마음으로 돌이켜

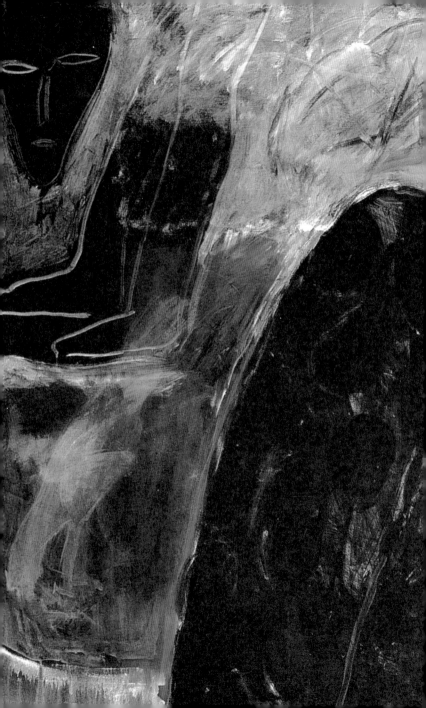

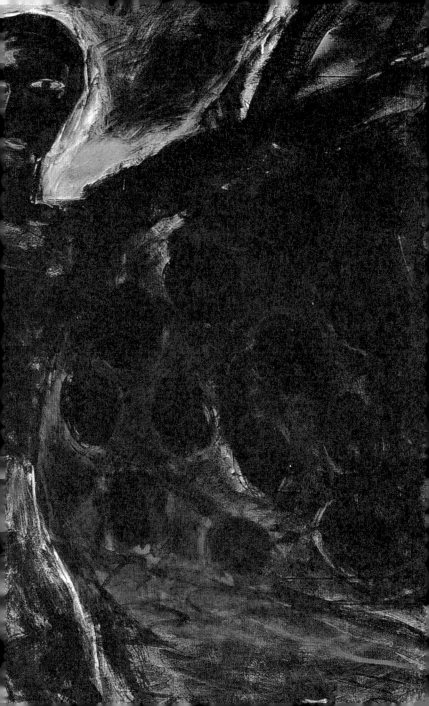

보자 잊혀진 기억으로부터 다락방 하나가 떠올랐다. 흔히 밤늦도록 불이 켜져 있는 다락방은 이 세상의 어둠을 마지막까지 비춰 주는 등불의 이미지로 문학 속에 등장한다. 그러나 내 기억 속의 다락방은 현실이 안겨 주는 가장 굴욕스러운 자리로서의 이미지였다.

힘든 결혼 생활을 버텨 나갈 힘이 조금씩 생겨나면서, 소설 한 편이 내 속에서 무르익고 있었다. 그 소설의 테마는 삶이 안겨 주는 굴욕감이었다. 그것이 엄습했을 때 가장 심하게 충격을 받는 나이는 20대이다. 20대는 그 굴욕스러움을 거세게 거부한다. 그리하여 갓 스무 살 나이의 주인공이 설정되었다. 거기다 그 나이 때의 나 자신의 모습을 투영시켜 보니 소설은 저절로 물 흐르듯 씌어졌다.

가령 이런 장면들―가정 형편 때문에 교사 임용시험을 보려고 고사장까지 가서도 주인공은, '나에게 무릎을 굽히고 광대처럼 팔을 흔들도록 강요하는 어떤 힘에 굴복하지 않겠다.'고 고집을 부리며 시험관 앞에서 유희해 보이기를 거부한다. 그러나 정애와 한 조가 된 다른 수험생, 아버지 없는 세 아이의 엄마인 '나의 선배'는 너무나 열심히 시험관들에게 유희를 해 보였다.

그녀의 날개는 정도 이상으로 나풀거려 그때마다 교실 마룻바닥이 쿵쿵 울렸다. 그 울림은 뻣뻣이 서 있는 내게 고문보다 더 고통스럽게 들렸다. (중략) 어느 순간 그녀의 날개는 너무 높이 날아오른 나머지 마룻바닥에 쿵 떨어지며 발이 삐끗하여 엉덩방아를 찧었다. 반사적으로 시험관들과 풍금 반주자의 시선이 엉덩방아를 찧을 때 벌렁 젖혀진 '나비'의 넓적다리 속으로 쏠렸다.

테마와 인물의 성격을 함축하고 있는 이 장면은 실제로 있었던 일이었다.

소설 속에서 정애는 굴욕스러움 앞에 무릎을 꿇지 않으려고 사다리를 타고 오르내려야 하는 다락방까지 밀려 올라간다.

취직을 하려고 수많은 문을 두드려 본 끝에, 타자수가 되려고 시험을 보는 자리에서, "내가 치는 타자 소리가 콩 볶는 소리와 흡사하게 들리도록 나는 안간힘을 썼다. 일 분에 백오십 타도 부족하면 이백 타를 치는 흉내라도 낼 것이다. 그러다가 뒤로 벌렁 넘어져 치마가 추켜 올라간다 해도, 나는 이 삶을 부둥켜안고 씨름할 것이다. 비록 엎어지고 구르더라도 삶 앞에서 가련하도록 정직한 나의 어머니, 나의 선배, 그

밖의 다른 많은 여자들이 그랬던 것처럼" 하면서, 마침내 정애는 다락방에서 땅 위로, 삶의 한가운데로 내려온다.

하지만 실제에 있어서 나 자신이 그 안간힘을 삶 속에서 육화하는 데는 이십 년이 훨씬 넘게 걸렸다.

절대를 찾아가는 순례

어린 시절 나는 많은 시간을 마루 밑에서 보냈다. 그 마루는 우리 집 앞마루였고, 어린아이가 들어가서 쭈그리고 앉을 수 있을 만큼 높고 넓었다. (한옥도 양옥도 아닌 독특한 형태의 그 집은, 내가 네 살 때 큰 화재로 집을 잃은 부모님이 임시로 마련한 거처였다.)

그 마루 밑은 어린아이인 내가 혼자가 되기 위해 확보한, 완벽한 자기만의 공간이었다. 마루 바깥세상은 부모형제를 포함해서 모두가 나를 무섭게 하고 힘들게 했다.

매일 아침 눈을 뜨면 나는 누가 내게 말을 걸어올까 봐 두려웠고, 그 말귀를 잘 알아듣지 못할까 봐 항상 긴장하지 않으면 안 되었다. 가령 어머니가 오늘 학교에서 무얼 배웠느냐고 물어도 어떻게 대답해야 할지 몰랐고, 가게에 가서 무얼 사 오라든가, 이웃집에 가서 무얼 빌려 오라고 했을 때는 겁이 덜컥 날 만큼 두려웠다.

그것은 이런 것이었다. 콩나물 오십 원어치를 사 오라고 어머니가 그릇과 돈을 주신다. 나는 이웃에 있는 구멍가게로 간다. 가게 안엔 주인이 없다. 보이지 않는 주인을 어떻게 불러야 하는지 알지 못해 우물쭈물하노라면, 주인이 안에서 나온다. 무슨 일이냐고 주인이 묻는다. 나는 콩나물 오십 원어치를 달라고 한다. 그 뒤엔 또 어떻게 해야 하는지 알지 못해 우두커니 서 있다 보면 주인이 담아 갈 그릇을 달라고 말한다. 그제야 나는 그릇을 내민다. 주인이 그릇에 콩나물을 담으며, 콩나물이 웃자라 덤을 주노라고 말한다. 나는 돈을 더 내야 하는지 어쩐지 알지 못해 당황한다. 가져간 돈을 주고 나서 나는 선뜻 돌아서지 못한다. 왜 안 가느냐는 주인의 채근에 가게를 나와서도 나는 여전히 어쩔 줄 몰라 한다.

일상을 사는 일이 이처럼 서투르다 보니, 나는 심부름이 제일 무서웠다. 심부름을 한 번 하고 나면 병이 날 지경으로 심신이 고단했다.

마루 밑은 그런 나를 치유해 주는 재생 공간이었다. 혼자인 것만으로도 안심이 되었다. 비로소 나는 침묵의 품에 자기를 편안히 맡기고 자기 식으로 세계와 대화를 나누었다. 나는 사금파리로 땅바닥에 물고기나 새, 토끼 같은 형상을 그려 놓고, 흙으로 덮어 발로 꼭꼭 밟은 다음 다시 그 그림을 찾아내는 놀이에 몰두했다. 어떤 때는 그저 가만히 앉아 집 안이나 담장 밖 이웃에서 들려오는 이런저런 소리 나는 곳으로 상상속에서 가만가만 다가가 보는가 하면, 마루 밑에서 내다보이는 마당의 풍경―장독대, 화단의 꽃들, 나무들, 판자울타리, 그 하나하나의 생김새나 빛깔 그리고 바람에 따라 흔들리는 움직임에 눈을 맞추고 있는 것만으로도 흥미진진했다.

어머니는 그런 내가 수줍음이 많고 말이 어눌한 탓이라고 했다. 학교생활에 익숙해지고 친구들을 사귀게 되면, 교정이 되리라고 생각했다. 하지만 친구들을 사귄 뒤에도 나는 그들이 조잘거리는 대화에 끼어들지 못했다. 아이들의 관심과 나의 관심이 확연히 다르기 때문이었다. 아이들은 아버지가 사다 준 새 가방이나 옷에 대해 한없이 얘기하고 싶어 하는데 반해, 나는 거미줄에 걸린 모기를 거미가 어떻게 잡아먹는지, 밤에 잠을 자려고 누웠을 때 불현듯 이 세상에 어머니가 없다면… 하고 상상해 보다 가슴이 쿵 내려앉는 느낌 같은 것에 대해 얘기를 나누고 싶어했다. 나는 나의 관심이 아이들의 그것과 전혀 다를 뿐만 아니라, 내 관심사에 대해 그들에게 말할 방법이 없다는 것도 깨달았다. 나는 고독했다.

중학생이 되었을 때 나는 친구들과 전혀 다른 체험을 하기 시작했다. 나는 물을 좋아해서 헤엄을 빨리 배웠다. 내가 태어난 고장에는 도심을 가로지르는 큰 내가 있었고, 둑길을 따라 동쪽으로 가면 동해에 이르렀다. 여름방학이 되면 나는 냇가나 바닷가에서 하루해를 지샜다. 냇가에서 조약돌을 줍거나 고무신으로 물고기를 잡는 것보다, 바닷가에서 조개를 줍거나 모래사장을 거니는 것보다, 물 속에 뛰어들어 수영하기를 더 즐겼다. 헤엄을 치며 한 마리 물고기처럼 유유히, 물의 세계가 열어 보이는 무궁무진한 변화, 부드러움, 침묵의 깊이와 하나되는 느낌 자체를 즐겼다.

한편 학교에선 나를 사랑하는 여교사와 동성애적 감정에 휘말려 일찍이, 앞질러 사춘기의 열병을 치렀다. 그 여교사는 어린 제자인 나에게 동성애적 관심을 보였을 리 없지만, 내 안에서 불타오르는 맹목적 열정이 그 관계를 그렇게 만들어 버렸다. 사람들의 쑤군거림에 당혹스러워진 그녀가 나

258

를 밀어내자 나는 약을 먹고 자살을 기도했다.

국어선생인 그녀의 영향으로 책을 읽기 시작한 나는, 이 무렵부터는 학교에만 다녀오고 곧장 골방에 틀어박혀 독서에 열중했다. 책들은 대여점에서 빌려 왔고, 《파우스트》, 《죄와벌》, 《부활》에서부터 대중소설, 《야담과 실화》까지 빌려 주는 것이면 무엇이든 읽었다. 《찔레꽃》, 《순애보》, 《무정》 등을 읽을 때는 사랑의 아픔에 신음하는 주인공 심중의 묘사에 밑줄을 그어 놓고 몇 번이고 반복해서 읽기도 했다.

졸업 때가 되었을 때 그 교사는 부모님의 허락을 받아 내어 나를 사범학교로 보냈다. 나는 유배를 당한 것처럼 불행했다. 그녀에 대한 항의로 나는 사범학교 3년 내내 공부를 마음에서 놓아 버렸다.

그러던 어느 날이었다. 학교에서 환불해 주는 교과서 대금의 일부가 수중에 들어오자 나는 서점으로 갔다. 읽고 싶은 책을 뽑아 들고 정가부터 살피기를 여러 차례, 수중의 돈에 맞추어 살 수 있는 책은 문고본밖에 없었다. 서문당 문고판인 발자크의 《골짜기에 핀 백합》과 콜린 윌슨의 《아웃사이더》는 내가 처음으로 돈을 주고 산 새 책이었다. 난해해서 그냥 책꽂이에 꽂아 두고 있던 《아웃사이더》를 사범학교 졸업 후에 다시 읽었다. 그것이 나의 본격적인 독서역정의 시

작이었다. 그후 《아웃사이더》 속에 언급된 저작들—앙리 바르뷔스의 《지옥》, 사르트르의 《구토》, 카뮈의 《이방인》, 《시지프스의 신화》, 쇼펜하우어의 《의지와 표상으로서의 세계》, 슈펭글러의 《서양의 몰락》, H. G. 웰즈의 《맹인의 나라》, 키에르케고르의 《죽음에 이르는 병》, 카프카의 《심판》, 니체의 《차라투스트라는 이렇게 말했다》, 괴테의 《젊은 베르테르의 슬픔》, 제임스 조이스의 《젊은 예술가의 초상》, 도스토예프스키의 《백치》, 《카라마조프가의 형제들》, 헤르만 헤세의 《수레바퀴 아래서》, 《황야의 이리》 등등을 하나하나 찾아 읽으면서 나는 자신도 모르게 문학수업의 길로 접어들었다.

아직 삶을 살아 보지도 않은 열아홉 살 처녀의 심중에 로캉탱의 정신적 혐오인 구토가 이식되었고, 뫼르소의 비현실감, 베르테르의 불타협의 고뇌, 황야의 이리의 권태, 드미트리의 광적 열정이 이식되었다.

스무 살도 되기 전에 나는 삶이 안고 있는 실존의 늪을 감지했다. 내 인생의 지평 위엔 너무 일찍 허무와 무의미라는 덫이 먹구름처럼 드리워졌다. 나는 행복이란, 자기 만족적 인식의 속임수에 지나지 않고, 일상이란 무가치하고 지루하게 되풀이되는 멍에이며, 사회적 직위·돈·명성이 전부인

소시민적 성공에 안주하는 삶은 죽은 삶이라는 결론에 이미 도달해 있었다.

졸업과 함께 아버지가 돌아가셨다. 토지가 제법 있긴 했지만, 오빠는 대학, 동생은 중학교에 재학 중이어서 당장 수입이 끊기게 되자, 어머니는 내가 교사가 되어 집안 형편에 도움이 되기를 바랐다. 나는 어머니의 그 바람을 보기 좋게 배반해 버렸다. 그해부터 처음 실시되는 임용고시에서 나는 시험관 앞에서 유희하기를 거부하여 임용에 탈락하는 유일한 졸업생이 되었다.

강원도의 한갓진 바닷가나 산골마을의 초등학교 교사가 되어, 월급을 착실히 모으고, 나이 차면 시청이나 세무서 또는 동료 교직원 가운데 한 청년을 만나 가정을 이루고… 하는 식으로 전개되는 삶을 나는 받아들일 수가 없었다.

딸에 대한 친구들의 입방아 때문에 상심한 어머니는 집과 부동산을 정리하여 서울로 이주했다. 우리의 서울생활은 실패의 연속이었다. 가족들은 내가 지닌 자격증을 마지막 보루처럼 여겼으나, 나는 그 바람을 여전히 묵살했다. 나는 다니던 학교를 중단해야 했고, 어머니는 하숙을 해야 했다.

구멍이 뚫려 가라앉는 배에 앉아, 내가 고민한 것은 생존이 아니라, 살아야 할 의미였다. 나는 의지적으로 의미를 쏟아 부을 어떤 일이 인생에 있을 것이며, 그것을 찾아내야 한다고 생각했다. 나는 보다 손쉬운 생계의 수단을 고스란히 썩혀 두고, 일자리를 구하기 위해 신문의 구직란을 열심히 살폈고, 보잘것없는 이력서를 여기저기 보냈다. 그렇게 하여 간신히 얻은 직장이 타이피스트 자리였다.

어머니는 어이없어했지만 나는 내 심중의 생각을 말할 수 없었다. 이력서를 보내고, 면접에서 딱지를 맞는 것이 거듭될 즈음, 버스표 한 장 달랑 들고 나는 마냥 걷고 있었다. 지치고 피곤한 가운데서도, 이상한 열기가 나를 지탱해 주었다. 삶의 저 보이지 않는 무자비함에, 결코 쉽사리 무릎을 꿇지 않으리라는 투지로 해서, 나의 청춘이 비로소 의미를 획득하는 것 같은 느낌.

취직이 되자, 나는 집을 나와 방을 얻었다. 아침마다 출근 전쟁이 시작되었다. 쥐꼬리만한 월급, 반복적인 단순한 업무, 관료사회의 속물적 분위기로 치자면, 내 앞의 생은 열악하기 짝이 없었다. 그럼에도 불구하고 견뎌 냄에서 나는 반전(反轉)의 기미를 느꼈다. 그 견뎌 냄을 통해 내가 맞서는 것은 자기 앞의 열악한 조건뿐만 아니라, 그 너머 일찍이 생의 지평에 떠오른 먹구름, 허무의 덫에 맞닿아 있었다.

초저녁에 잠깐 자고 한밤중에 일어나 글을 써 보기 시작했다. 글쓰기는 나에게 있어, 어떤 일이 있어도 그에 대한 값을 치러 냄으로써 만들어지는, 절대적 의미, 절대적 가치로 떠올랐다.

처음으로 잡지사(사상계)에 투고한 작품 〈교(橋)〉는 나를 문단에 나서게 했고, 평생의 인연을 만나게 해주었다.

나는 여학생 때부터, 온건한 페미니스트인 아버지의 성격과 반대되는 성격, 특히 카리스마가 있는 폭군 같은 남성을 만나 그의 호령에 내 안의 모든 회의가 잠재워지고, 양처럼 순종하며 살고 싶다는 생각을 했다.

나의 바람은 실제로 이루어졌다. 현실에서 내가 만난 남성은 오척 단구에 가식이 없는 소탈한 성품임에도 저절로 추종자들이 모여들어 떠받들게 되는 대인의 풍모를 지니고 있었다. 달변은 아니어도 논리정연하고 직관과 통찰력이 넘치는 그의 언변은 제왕에게 주어진 홀(笏)과 같았다.

나는 왜 서른 살이나 어린 나이로 그의 여자로 살기로 했을까. 그것은 소금가마니를 짊어지고 타는 듯한 폭염의 사막을 건너려는 것이나 다름없었다. 우리 사이엔 고개를 두고 한쪽은 올라가고, 다른 한쪽은 내려가는 것만큼의 윤회의 격차가 있었다.

지금 생각하면, 생명을 구할 묘약이 있다는 수양산을 찾아 여정에 오른 베리데기가 도중에 만나는 사람들한테서 길을 가르침받기 위해, 한 생애에서는 숯 씻는 사람에게 검은 숯 희게 씻어 주고, 그 다음 생애에서는 아들 없는 사람에게 아들 아홉형제 낳아 주고… 하는 식으로 수양산에 조금씩 다가가는 것같이, 나도 머나먼 구도(求道)의 여정에서 그와 운명을 엮어 치러 내면서 가르침받아 눈을 떠야 하는 무명(無明)이 깊었다고 깨닫게 되었다. 그를 통한 내 운명의 화두는 순종이었다.

나는 그를 통해 윗질서에 거역 않는 순하디순한 성품을 내 안에서 실현해 내려 애썼다.

그와 사별한 뒤 7년 넘게 오늘날까지 성경을 공부해 오면서 나는 깨닫게 되었다. 오만하기가 검은 숯 같은 인간의 자아가 희게 씻기는 데만도 얼마나 많은 생이 필요한가.

자신이 절대적 헌신을 바침으로써, 그 의미를 절대의 자리에 올려놓으려 했던 사랑과 문학. 그것은 환영이었다.

절대란, 내가 추구함으로써 찾아지는 것이 아니라, 만세 전부터 있어 온 엄연한 진리. 나는 그것을 향해 영안(靈眼)을 뜨기만 하면 되었고, 찬양과 예배가 있을 뿐이라는 것을 이제야 알게 되었다. 내 영혼은 지금 흙 속에 파묻혀 살찌고 있는 고구마처럼 평강과 안식을 누리고 있다.

자화상 ― '나' 라는 미궁

나는 아직까지도 나 자신에 대해 잘 알지 못한다.

우스운 얘기 같지만, 특히 외모에 대해서는 더욱 그렇다. 가끔 눈을 감고 자기 얼굴이나 신체의 한 부분 또는 전신을 떠올려 보려 해도 그 생김새가 영 떠올려지지 않는다. 그러나 가까운 지인들의 얼굴이나 그들의 신체의 한 부분은 선명하게 상(像)이 잡힌다. 왜 이런 일이 생기는 것일까.

나는 이러저러하게 찍힌 자기의 사진이나, 거울에 비춰진 자기의 모습, 심지어 TV나 라디오에 출연한 뒤 보내 오는 테이프들조차 자세히 보지 않는다. 듣지도 않는다. 새 옷을 살 때나 화장을 할 때처럼 불가피한 경우일지라도 마음을 없어 거울에 비춰진 자기를 잘 보지 못한다. 그저 흘려 보고 만다. 나는 자기 자신의 모습을 자세히 뜯어 보는 행위 자체가 거북하다 못해 징그럽게 여겨진다.

외출할 때 나는 신경 써서 옷을 깔끔하게 입으려 애쓴다. 그런데 번번이 누군가는 나의 잘 차려입은 옷매무새가 무색해지는 지적을 해준다. 속치마가 보인다거나 내복이 보인다는 것이 그것이다. 외출 전에는 스타킹이 항상 문제다. 가볍게 얼굴을 매만진 뒤 외출복으로 갈아입고 스타킹을 신는다. 성한 것이 아니다. 다른 것은 어떤가. 그것도 마찬가지다. 시간에 쫓기며, 서너 차례 신고 벗고를 되풀이하다 보면 "아, 나 자신이 너무 싫어." 하는 탄식이 절로 터져 나온다. 아마도 며칠 전 외출 때도 똑같은 일을 반복하면서 자신에게 다짐했을 것이다. 외출에서 돌아오는 즉시 서랍을 정돈해 놓으리라. 사실을 말하자면 정돈은 하지 않는 게 아니다. 정돈은 하는데 못 신는 스타킹을 버리지 못하는 것이다. 신문에 끼어 있는 광고지 한 장도 꼭 쓸 데가 있을 것만 같아 버리지 못한다. 파지(破紙), 비닐봉지, 쇼핑백, 철사로 된 옷걸이 등등, 이미 쓰고 나서 폐기처분되어야 할 것들도, 버리려고 보면 하나같이 꼭 쓸 데가 있을 것만 같이 여겨진다. 나의 집은 이런 물건들 때문에 구석이 사라지고 있다.

그런가 하면 정작 아껴야 할 돈 자체는 터무니없이 펑펑 낭비한다. 원고 약속을 하고 나면 들어올 원고료의 몇 배 이상을 먼저 써 버린다.

나는 결백증이 심한 편이다. 외식을 하거나 밖에서 차를 마실 때, 남이 눈치 채지 않게 냅킨으로 수저나 컵을 닦고 나서야 입에 댄다. 그런데 집 안에서 기르는 개가 대소변을 아무 데나 보고, 배탈이 나서 묽은 변을 소파나 이불에까지 마구 묻혀 놓아도 불결한 생각이 들지 않는다. 방이나 주방 바닥에 떨궈 놓은 따끈따끈한 변을 아무렇지도 않게 맨손으로 집기도 한다.

모임에서 나는 미움을 받기 일쑤다. 같은 말이 되풀이되거나 의례적인 선에서 오가는 대화, 한 사람의 입만 쳐다보는 분위기가 되면, 따분하고 지루함을 참지 못해 엉덩이를 들썩거리기 때문이다. 친구들의 노골적인 타박에 억지로 참고 있노라면, 체하거나 두통이 일어 병이 난다. 그 병은 자리를 옮겨 새 분위기가 되면 금방 낫는다.

이런 나에게 친구들은 변화무쌍이라는 별명을 붙여 주었다. 하지만 한 친구만이 그 변화무쌍을 관통하는 요지부동의 고집을 꿰뚫어 보았다. 그녀는 세상의 모든 개를 자식같이 여기는데, 버려진 개 한 마리를 줍게 되었다. 자기는 기

를 형편이 못 되어 맡길 사람을 신중하게 고르고 고른 것이 나였다고 한다. 어떤 변수가 생겨도 한번 인연을 맺으면 끝까지 거두어 줄 사람으로 나를 찍었다고 한다. 그것이 지금 집 안에서 기르고 있는 귀동이란 개이다. 이사 올 때 꽤 거금을 들여 꾸민 집 안이, 대소변을 가리지 못하는 귀동이로 인해 개 우리처럼 변해 가고 있다. 비싼 소파, 양탄자, 병풍, 그림 등이 귀동이로부터 무차별 사격을 받아 망가지고 있지만, "못살아 못살아" 하면서도 나는 끝내 귀동이를 끼고 살 것이다. 그것도 귀동이를 나한테 적응시키기보다, 내가 귀동이에게 적응해 가면서(오, 놀라운 인내심).

이런 식으로 열거해 보면 '나'라는 사람은 모순과 모순의 대칭으로 지은 집이다.

도대체 나를 통해 드러나는 삶은 왜 이렇게 모순투성이고 종잡을 수가 없을까. 나는 자기 자신이 드러내는 커다란 빈 틈을 부끄러워하면서도 그것을 메우려 애쓰지 않는다. 아귀를 맞추려 하지도 않는다. 나는 나를 통해 인생이 그 수수께끼 자체로서 드러나기를 기다린다. 그리하여 언젠가는, (알 수 없다 하면서도) 전모를 드러낸 인생과 전폭적으로 화해하는 어떤 경이로운 날이 반드시 오리라 기대한다.

무엇이 작가의 글쓰기를 막으랴

　지금도 원고지에다 글을 쓰다 보니 나의 책상 주변은 늘 쓰다 버린 파지들로 너저분하다. 얼마 전까지도 영화나 TV 드라마에 등장하는 작가는 으레 구겨진 파지들로 너저분한 책상 앞에 앉아 있었는데, 그 고전적인 풍경 그대로이다. 다만 내 경우 종이가 아까워 뒤집어서도 쓰기 때문에 파지라도 구겨서 버리지는 않는다.

　나는 파지를 많이 내는 편이다. 쓰고 지우고 또 쓰기를 되풀이하다 끝내는 버리게 될 경우, 파지는 하나의 문장을 얻기 위한 진통의 흔적이다. 〈시간의 얼굴('그녀의 여자'로 제목이 바뀌어 출간됨)〉을 《문학사상》에 연재할 당시 파지는 완성된 원고의 두세 배 분량에 가까웠다.

나는 파지를 버리지 않는다. 뒤집어서 쓸 요량도 있지만, 말끔히 가다듬어진 문장보다는, 문장이 되다 만 머뭇거림, 더듬거림의 흔적이 내게는 더 애틋하고 의미가 있다. 어떤 작가가 자기 키만큼 높이 쌓인 원고지를 옆에 두고 찍은 사진이 있는데, 내 경우엔 파지를 모아 둔 것이 그보다 더 많다.

그런데 최근에 나는 내 글쓰기와 아주 흡사한 새의 집짓기를 관찰할 기회를 가지게 되었다.

아침에 뜰에 나가 보면 이상한 것들이 흐트러져 있곤 했다. 길이가 10센티에서 20센티가량 되는 자잘한 나뭇가지가 현관 밖 계단에서부터 뜰에 이르기까지 연이어 몇 줌씩 흩어져 있었다. 가만히 보니 우리 집 뜰에 있는 나무들하고는 수종이 전혀 다른, 어디서 날아왔는지 알 수 없는 것들이었다. 그 흩어져 있는 모양새는 어딘지 규칙적이어서 바람에 실려 온 것으로 보이지는 않았다.

며칠 동안은 그저 이상하게 여기면서 빗자루로 말끔히 쓸어서 한군데 모아 놓기만 했다. 그런데, 그 일이 열흘이 넘게 되풀이되다 보니 정말 이상하다는 생각이 들었다. 누가 무엇 때문에 이런 나뭇가지들을, 매일 어디서 가져와 왜 뿌려 놓는 것일까. 하지만 그것은 사람의 손을 탄 흔적으로도 보이지 않았다.

어느 날 나뭇가지의 출처를 알아보기 위해 집 근처를 돌아보던 중에, 수수께끼가 풀리게 되었다. 아카시아 숲인 집 앞 야산에, 두 개뿐이던 새 둥지가 하나 더 늘어나 있었다. 그 하나는 만들어지고 있는 중이었다. 그 새 둥지로 지어지고 있는 재료가 우리 집 뜰에 떨어져 있는 나뭇가지들과 동일한 것이었다.

그러니까 우리 집은 까치 비행로의 길목이었고, 새들은 어디선가 집 지을 목재(?)를 물어 나르는 중에 힘이 부쳐 입에 물고 있던 것을 떨어뜨렸던 것이다. 내가 쓸어 모은 것만도 큰 양동이 하나 분량이 되고 보면, 물고 가다가 떨어뜨린 것이 더 많은 게 분명했다. 그렇다면 둥지 하나 짓기 위해 새들은 그 작은 부리로 자기 몸체보다 긴 나뭇가지를 물고 얼마나 많은 비행을 해 온 것일까.

그 사실을 알고 난 뒤엔, 아침에 뜰에 나갈 때면 괜스레 마음이 졸여지곤 했다. 오늘은 또 얼마나 많은 나뭇가지들이 땅에 떨어져 있으려나, 글을 쓰며 밤을 보내고 아침을 맞을 때면, 그 마음 졸여짐이 한층 더했다.

뜰에 떨어져 있는 나뭇가지들의 수효가 눈에 띄게 줄어든

다 싶던 어느 날이었다. 완성된 둥지 안에서 까치 한 마리가 목청껏 울어대는 소리가 숲을 뒤흔들었다. 그 울음이 그토록 애써 집을 완성한 기쁨의 노래라는 것을 나만은 알 수 있었다.

뜰에 서서 둥지를 완성한 까치의 기쁨에 동참하고는 있었으나, 다른 한편으로는 그토록 애쓰고 지었어도 둥지는 허공이나 다름없는 나무 꼭대기에 지어져 풍우가 몰아닥치면 언제라도 허물어질 수밖에 없다는 것을 생각하지 않을 수 없었다.

그것은 세상에 던져진 하나의 책이 도저한 물결에 금방 휩쓸리어 흔적 없이 파묻혀 버릴 때의 비애나 다름없었다.

그래도 새들은 둥지를 또다시 만들 것이다. 폭풍이 둥지를 허물어 버리면 몇 번이고, 몇 번이고 다시 집을 짓고야 마는 새들의 그 본능은 자기 안에서 샘솟는 믿음인 것이다. 작가들 역시 어떠한 경우라도 결코 쓰기를 멈추지 않을 것이다.

새들에게 진정한 둥지는, 무수한 비상의 흔적을 지니고 있으면서도 말갛게 푸르르기만한 하늘인 것처럼, 작가에겐 자신의 가슴만이 그의 무수한 비상을 예비하는 하늘인 것이다.

♣

수록 그림 목록

일곱 빛깔의 위안

초판 1쇄 인쇄 2005년 1월 5일
초판 1쇄 발행 2005년 1월 15일

지은이 | 서영은
그림 | 김보현
펴낸이 | 한 순 이희섭
펴낸곳 | 나무생각
편집 | 신철호 노은주 김은정 서은영
마케팅 | 나성원 김선영
출판등록 | 1998년 4월 14일 제13-529호

주소 | 서울특별시 마포구 서교동 475-39 1F
전화 | 334-3339, 3308, 3361
팩스 | 334-3318
이메일 | tree3339@hanmail.net namu@namubook.co.kr
홈페이지 | www.namubook.co.kr

ISBN 89-88344-97-9